作者像

## 作者简介

金丝燕，北京大学学士、硕士，法国索尔邦大学博士。法国阿尔多瓦大学特级教授、阿尔多瓦大学东方学系主任、阿尔多瓦大学孔子学院法方院长。兼任北京师范大学跨文化研究院副院长，主持并完成教育部人文社科重点研究基地重大项目“跨文化研究的理论与方法”。已出版中法文著作多种。近期出版的中文学术专著有:《文化转场：中国与他者》《佛经汉译之路》等。出版译著《中国思想的两种理性》(汪德迈著)《中国教给我们什么？》(汪德迈著)等。任中法合作的“远近丛书”法方主编，乐黛云主编中法合作学术期刊《跨文化对话》法方副主编。

## 内容简介

诗学是“问”，是“问”的可能，是“问”的维度。《诗学的悖论》集中历史上与今天的诗学所关注的六十四个论题，潜在地勾勒古今中外文学思想的基本线条。每一个论题都可以回到源头语的关键词。围绕这六十四论题，《诗学的悖论》逐一展开论述：1. 诗学的维度：诗；2. 诗的宇宙－而上：非写不知与话语的召唤性；3. 诗的音乐性；4. 诗的“空白”与诗人“隐去”；5. 诗学的悖论；6. 回归与宇宙的对话；7. 诗不可言说的极致。在语言意识和诗学意识上，中西诗学文化美学背景根本不同。但是，有一个共同的核心：诗给予超越的可能。《诗学的悖论》试图展开这一点。

［法］金丝燕　董晓萍　主编

“跨文化学导论”丛书之一

# 诗学的悖论

［法］金丝燕　著

中国大百科全书出版社

图字：01-2022-4312
图书在版编目（CIP）数据

诗学的悖论 / （法）金丝燕著. -- 北京 ：中国大百科全书出版社，2022.8
（“跨文化学导论”系列）
ISBN 978-7-5202-1190-1

Ⅰ. ①诗… Ⅱ. ①金… Ⅲ. ①诗学—研究 Ⅳ. ①I052

中国版本图书馆CIP数据核字(2022)第141557号

**出 版 人** 刘祚臣
**策 划 人** 曾 辉
**责任编辑** 鞠慧卿
**封面设计** 程 然
**责任印刷** 魏 婷
**出版发行** 中国大百科全书出版社
**社　　址** 北京阜成门北大街17号　**邮政编码** 100037
**电　　话** 010-88390969
**网　　址** http://www.ecph.com.cn
**印　　刷** 北京汇瑞嘉合文化发展有限公司
**开　　本** 787mm×1092mm 1/32
**印　　张** 7.25
**字　　数** 111千字
**印　　次** 2022年10月第1版 2022年10月第1次印刷
**书　　号** ISBN 978-7-5202-1190-1
**定　　价** 59.00元

［法］金丝燕　董晓萍　主编
“跨文化学导论”系列
“跨文化研究”丛书（104）

教育部人文社会科学重点研究基地重大项目
“跨文化视野下的民俗文化研究”

青海省人民政府 - 北京师范大学高原科学与可持续发展研究院与
北京师范大学跨文化研究院“丝路跨文化研究”重大项目
（项目批准号：19JJD750003）

综合性研究成果

教育部人文社会科学重点研究基地
北京师范大学民俗典籍文字研究中心
青海省人民政府 - 北京师范大学高原科学与可持续发展研究院与
北京师范大学跨文化研究院“丝路跨文化研究”重大项目组

资 助 出 版

# “跨文化研究”丛书
# 编辑委员会

# 序 言

跨文化学导论，以多元、多学科、多语种为架构，以“多”组合的“跨”为研究平台，将理论研究与扎实的个案研究相结合，整体形成“跨文化学导论”丛书。

参与这一理论架构的每一位学者，都是各自学科的代表。他们在跨文化学的平台上，参加学科建设，写各自的“导论”，这符合跨文化研究新学科的要求，此前并无先例。

跨文化学的学科发生地在中国，这是必然的。几十年前，跨文化研究活动已在中国大地兴起，在北京大学和南京大学得到开拓，在北京师范大学得到发展，经过坚持不懈的努力，直至今天，已打下一定的基础。

跨文化学的学科建设有三个维度：

一是研究维度。建立跨文化研究的国际化网络，定方向、定点、定期、定人、定主题，铺设跨文化研究的理论框架。

二是教学维度。建立跨文化多点式的国际化教育基地，举办跨文化学研究国际暑期学校、创设高端博士生研修课程，联合培养硕士和博士，加强高级访问学者、青年教师和博、硕研究生的交流。

三是出版维度。已有五条轴线：

※ 中法合作学术期刊《跨文化对话》

（乐黛云、[法]李比雄主编）

※ 中法合作“远近丛书”

（乐黛云、[法]金丝燕、董晓萍主编）

※ 中法合作“跨文化研究平台”丛书

（乐黛云、[法]金丝燕、董晓萍主编）

※ 教育部人文社科重点研究基地“十三五”规划重大项目研究成果

“跨文化研究”系列丛书

※ 教育部人文社科重点研究基地重大项目综合性研究成果

“跨文化学导论”丛书

（[法]金丝燕、董晓萍主编）

方法论是跨文化学的聚焦点，也是一种思想原则，包括“跨文化性”、“文化转场”与“跨文化对话”。

专业研究的精微、思想创新的引领，是跨文化学的灵魂。老一代学者已经留下经典。超越文本的单语化，尽量多语化，至少双语化。国际性是跨文化学产生影响的方式。

跨文化学的工作目标，既为今天和明天，也为长时段的历史研究提供当时已经书写而非追述的学术文献。

2021 年 1 月 30 日

# 自　序

本书中文稿的思考与写作经历了三十余年。2020 年 3 月 13 日，巴黎封城，我开始写本书的法文版。原以为从中文到法文不过是自我翻译而已，不料，一动笔，就被卷入法语和汉语交错思辨的折磨之中。诗学在两种语言的逻辑里，每走一步都变成打铁。打掉原先母语和法语里不知不觉的烂熟，冲击话语的约定俗成。双语相互刺激，互为刀锉，磨出语言的陌生感。文字和思想被迫减肥，不断地，每一步。

用一种语言去切割另一种语言，词、节奏、形象、句式、语义的空白，相互质问。这在单一母语的写作中很难做到。人的语言习惯是第二天性，诗人要避免的正是如此地、熟门熟路地接近诗。而诗的本性是不断地长出叉口。写作变成双向叫板。调和？套用？拒绝？各说各的？弃绝？都只是妥协。

用两种语言写《诗学的悖论》，我想到，两脚同时踏入两条船是可能的。

《诗学的悖论》有四个特点。

一、诗学是“问”，是“问”的可能，“问”的维度，是创造的缺席，是通过缺席者瞥见被生活消解的那个圆，是在众人看箭的时候，关注“拉弓的刹那”——呼与吸之间的距离，是用不可能的语言创造可能的意义。诗的可能性在未完成之中……

二、以提出悖论的方式，将历史上与今天诗学所关注的核心问题集中为六十四组，打破历史时间和地理空间，潜在地勾勒古今中外文学思想的基本线条。每一个论题在中外思想与文学史上都可以回到源头语、找到关键词。由此，《诗学的悖论》召唤历史和今天诗的实践，98 位文人和 70 余首诗作为诗学思辨所依据的历史触点。

三、围绕这六十四组论题，《诗学的悖论》分七个章节展开：1. 诗学的维度：诗；2. 诗的宇宙而上：非写不知与话语的召唤性；3. 诗的音乐性；4. 诗的“空白”与诗人“隐去”；5. 诗学的悖论；6. 回归与宇宙的对话；7. 诗不可言说的极致。从诗学的定位、思辨性、语言、音乐性、诗与诗人的关系、诗的可能与不可能、诗的超验性角度进入。避免以社会批评或汇编式博学的整理取代诗学思想。不自囿，在世界诗学的平台上建立直接对话的可能。

四、中西语言的起源不同，以占卜理性为起源的中国文字是世界上独一无二的非自然语言。它与以交流性口语为基础的西方自然语言是两种截然不同的体系。体现在诗学上，中国诗的核心是与宇宙的对话，回到人间，核心是面对天，人的伦理和道德，缺一不成为美。其“宇宙而上”是在现象维度超越现象，进而从有色界超越有色界，是在本体维度和从本体维度超越。在诗方面，是融入可见的和不可见的、现象的和非现象的“在”。“虚无”是一种在。

西方的“诗”，古希腊语为“创造”，它的美与道德无关，以话语逻辑为核心。从人出发到人群的社会，其“形而上”，即实体世界与神的物而上，是超越物理世界的真实，从本体超越本体。在诗的方面，是柏拉图所言的“思想”及其在岩壁上反射出来的影相（真实、现象世界）的关系。

两种诗学的语言和美学背景根本不同，但有一个共通之处：诗给予存在一种超越的可能。《诗学的悖论》试图展开这一点。

# 目 录

诗学是蚕吐丝，是存在的理由。吐丝，精神与形体的生命过程，其“趣向”任心去造。星空久远，不在乎后现代、现代或古典。之所以久远，因为它不可能被拥有、被划格。划格是恐惧的第一反应，不是天空的逻辑。

第一章

# 诗学的维度：诗

诗是什么？不问不知道，一问，语言就不知所措了。

它在有无之间，在生死之间，在可言与不可表述之间，在存在与不存在之间，在感觉与不可感觉之间，在知和永恒的未知之间，在开始与未开始之间，在疯子与诗人之间，在午夜一切消失和再生之间，在逻辑与无可言语之间，在模仿和神游之间，在貌求和理应之间，在创造与不可创造之间，在宽恕与不可宽恕之间，在上帝给的第一句诗和庙宇之间，在我和最陌生的我之间，在假装的自我世界和可以穿越的无限宇宙之间，在寂然与思接之间，在凝虑与无限之间，在风动和心通之间，在感应和神机之间，在兆拆和宇宙呼吸之间，在微尘和窄门之间，在非想与非非想之间，在火苗和永恒的断裂所组成的火焰之间，在刹那和无限之间，在苏格拉底的质疑和柏拉图的肯定之间，在永恒的批判和绝对真理之间，在社会判决与宇宙伦理之间，在觉知和帕斯卡的深渊之间，在人道与万物的空性之间，在符号的秩序和流沙之间，在历史真理和自然真理之间，在透明同质的神话与疏离对抗之间，在时空和无时无空之间，在记录和了无痕迹之间，在写与非写不知之间，在语言的无所不在和能指的绝对空白之间，在太阳和光照下的无限可能之间，在追求整体和永恒的“在路上”之间，在……

不可知与不可知之间，梦和幻之间，异托邦和乌托邦之间，革命和造反之间，连续和继续之间，信仰和信念之间，贫和穷之间，本性和本质之间，智性和理性之间，自由和自在之间，生命的意义和意义的生命之间，哲学的诗和诗的哲学之间，诗和诗学之间，及物的爱和上帝的单相思之间，形而上和宇宙而上之间，思想和思辨之间，无数和无限之间，往昔的未来和对未来的怀旧之间，语言之外和外在语言之间，词语的创造性和诗人的隐去之间，石头迸发的碎星和词语的碰撞火花之间，在呼和吸的缝隙与诗的空白之间，在精神的失序和诗学的疯狂之间。如此，不能穷尽。

何为诗？何为诗学？两个问句始于人类最初的生命，

是无数维度中的一个入口。相向而不并行，互不依赖。

诗的有无之间、生死之间，远古的苏美尔文明和埃及文明有生动的开凿。诗向超验的空间祈祷，或唱诵或思辨或叙述，如古埃及的《失望者和自己灵魂的对话》（*Le dialogue du désespéré avecsonâme*）、古巴比伦的《吉尔伽美什》（*Gilgamesh*）、古印度的《吠陀经》（*Veda*）。远古中国，诗和宇宙交流，中国古人最早的颂语在《尚书》。

我们听到四千年前古埃及的呼喊：

今天，死亡来到我面前，
如莲花之芬芳，
如酒醉之摇篮，人歇息其中

今天，死亡来到我面前，
如欲望再见其故居，
它拥抱那长久被俘但终于自由的人

——《失望者和自己灵魂的对话》[1]

---

[1] *Le dialogue du désespéré avecsonbâ*, in Claire Lalouette, *La littérature égyptienne*, Paris, P.U.F., 1981, p.34.

公元两千年前古印度的颂诗：

夜女神来了，
她用许多眼睛观察各处，
她披戴上一切荣光。

不死的女神布满了
广阔区域，低处和高处，
她用光辉将黑暗驱除。

夜女神来了，
引出姊妹黎明；
黑暗也将离去。[1]

我们听到屈原在问天：

遂古之初，谁传道之？

---

[1] Traduction par Alexandre Langlois. Bibliothéque Internationle Universelle, 1870(p.111-120). Source: http://fr.wikisource.org/wiki/Rig_V%C3%A9da_ou_Livre_des_hymnes/Section_1/Lecture_8

上下未形，何由考之？
冥昭瞢闇，谁能极之？
冯翼惟像，何以识之？
明明闇闇，惟时何为？❶

和中国最早的生死两重天的爱情：

蜉蝣掘阅，
麻衣如雪，
心之忧矣，
于我归说。❷

公元前 14 世纪《尚书》的颂诗：

曰若稽古，帝尧曰放勋，钦、明、文、思、安安，允恭克让，光被四表，格于上下。克明俊德，以亲九族。九族既睦，平章百姓。百姓昭明，协和万邦黎民于变时雍。❸

---

❶ 屈原（340—278）《天问》。
❷《诗经 · 蜉蝣》。
❸ *Canon des générations anciens* /Règle de Yao《尚书 · 尧典》。

中国诗与诗学的宇宙维度和西方诗的口述性、自我表述性与对现实的模仿是人类试图超越生存圈的两种努力，无休无止，如推巨石的西西弗斯神话。文字与思辨性思想使诗与诗学的维度具有三个特质：关联性、美学性和超越性。

## （一）关联性

中国的话语是“文”。古希腊“罗格斯”依靠话语准确的语法秩序，后者通过词形变化来表述；而“文”依靠的是文字的词义，它用形旁和声旁来表示，声旁同时带有语义，举世无双。这一潜在的语义结构使得起源于占卜兆纹的文字成为带有揭示事物“形而上”含义的文字。在这条道路上，中国的思辨性被导向另一种思想方式，去挖掘诸如表意文字语义形旁所显示的现实之间的关联应和性。这一关联应和性思想不是假设—演绎的推理，而是通过结构模拟式推理，即通过模拟，对与已知同类结构相似的未知事物的属性进行演绎。[1]《周易·系辞》中的数字就是生动的例子：

天一，地二；天三，地四；天五，地六；天七，地八；天九，地十。[2]

数字的抽象与下面文字的具体生动相应：

古者包牺氏之王天下也，仰则观象于天，俯则观法于地，观鸟兽之文，与地之宜，近取诸身，远取诸物，于是始作八卦，以通神明之德，以类万物之情。[3]

数字字源与数字无关。关联应和性意味着万象可以相互感应激活，诗人进入万物世界，与之保持在同一频道上，超验性成为可能。

诗僧苍雪（1588—1656）为一座高山、一棵松树和

---

❶［法］汪德迈《中国教给我们什么》，［法］金丝燕译，北京：中国大百科全书出版社，2020。

❷《十三经注疏》，北京：中华书局，1979，第一册，第 81 页。

❸《周易·系辞》。

一块石头的画作诗：

松下无人一局残，
山中松子落棋盘。
神仙更有神仙着，
千古输赢下不完。[1]

“诗”之含义，其缘起在各古代文明中似乎很一致：言志、叙述、抒情。而细究之，其取向、特质则因语言本质而各异。从字源上看中文与希腊文、梵文的“诗”之含义。《说文解字》的定义是：“诗，志也。从言，寺声。”作为声旁的“寺”，带有语义，按《说文解字》释义：“寺，廷也。有法度者也。从寸，之声。”[2]

那些以为中国文字原始、希冀将之现代化的人除了更会做奴化自己的梦，不懂中国文字。活之在之行之用

[1] 苍雪《南来堂诗集》，昆明：云南人民出版社，2011。

[2] 法国汉学家汪德迈对诗的字源有另一种看法：“此名出色地反映出中国诗与时节之风的脉络关系，因为，此字大致源自表示四季的同音字‘时’，用偏旁‘言’取代偏旁‘日’：中国的‘诗’是‘时节之语’，该字的声旁，更确切地说，源自时节之字的简约。”参见［法］汪德迈《中国文学的特殊起源》，未刊讲义，2018，北京师范大学。

之而不懂其精髓，一如人在世界，他了知宇宙吗？

古希腊文的“ποιεω”（poieo），意思是“我创造”，重自我的表述。口述性史诗传说经荷马转入诗人个性化的叙述。这一传统影响至今，左右着诗者的写作意识，集叙述与自我抒情为一体。

梵文“诗”为*Kāvya*，述说的意思，类型有大诗（*Mahakavya*）与小诗（*Khandakavya*）。前者为叙事诗，后者为抒情诗，抑或是古希腊史诗传统的源流之一。

以口语交流为起源的文字，在文学的表现是口诵叙述，如古希腊、古印度文学。中国“文之言”所带有的超验性维度在拼音文字中含带在话语中。中国表意文字在能指的文字里注入所指的存在。与中国文字和中国思想的形成相同，中国诗从一开始就是和宇宙的对话。由占卜的验辞发展出来的中国文学重书写，分诗言志与歌咏言两路，以《诗经》与《离骚》为代表。植根于中国占卜性文字的诗其维度在与宇宙对话，与消息性语言无缘。诗“宇宙而上”，非“形而上”，这一特质决定中国诗的边缘化，它不在乎社会，只是指向人与“超验世界”，藉助自然万物。

中国诗有礼颂传统——与宇宙对话，和文字传统——占卜性起源，两者使相遇变成创造。两大传统在中古发生变化，体现心性的诗使诗学的视野进入内在性，诗律与诗论形成系统，这一变化与佛经汉译直接相关。

在本质上，以神学传统为代表的西方诗学重的是实体世界与神的物而上[1]，源自占卜思辨的中国诗学重的是宇宙维度。形而上宇宙学，即起源于占卜理性的中国文字所有的超验性维度，它是非本体的，纯粹超越现象，正如《易经》对形而上的定义那样，它标志一种对有色界的超越——形而上，而非对物理性真实的超越——物而上。

语言意识与诗学意识至少在形而上的维度可以回到自觉而不自我、空而不虚、创造而不疯狂、放情而不抒写、融化而不叙事、记忆而不史诗、口头而不仪式、想象而不修饰、抽象而不符号、对话而不话语、日常而不约定俗成、书面而大众、内在而普世、互文而消解话语的本性。诗而不歌。散文是诗的消解。

---

[1] Léon Vandermeersch，*Les deuxraisons de la pensée chinoise-Divination et idéographie*，Paris，Gallimard，2013；[法] 汪德迈《中国思想的两种理性——占卜与表意》，[法] 金丝燕译，北京：北京大学出版社，2016，重点看本书的《导论》。

诗给予的是一种可能：显现在书写的定义和语言的定义之间所暗含的紧张度。

哪儿是真理
在词语寻找火山❶

诗人北岛呼吸着文字的启示性。长诗《歧路行》在本体与诗的召唤力量之间。

## （二）美学性

诗化情感、思想，诗化与话语逻辑不相应。美学是中国文字的精髓，中国诸子的思辨就是用文学的美来体现的。庄子以文学的形式进行哲学思辨。诗人、画家与大自然相融，在融合中体验美、超验美的感觉。不刻意不留恋二元对立的现实与模仿。

俄国社会学派的代表巴赫金（Mikhaïl Mikhaïlovitch

❶ 北岛《歧路行·序曲》。

Bakhtine，1895—1975）提出创作的整体功能决定形式，语境决定话语，意识形态决定创作，对当代西方文论和中国诗学的社会学派影响很大，诗学首先是人学和社会学，说者、听者和受议者三者形成的话语，审美交往的社会性话语，这种社会学诗学与中国诗学重视美学性反向。

把诗学放在历史大颗粒下思考的是 20 世纪俄国学者维谢洛夫斯基（Alexandr Nikolaïevitch，1838—1906）。他从英国人类学得到启发，研究诗学起源演变的历史脉络，诗学由美学范畴变成概念、形式、语言和符号演化的历史范畴。代表学者试图从学术之路建立新诗学的努力。

在诗学的历史上，内容与形式的二元思维始终主导，痕迹遍布 20 世纪的形式主义、新批评、结构主义、解构主义、历史诗学、社会诗学、文本批评、泛文本批评、语言学批评、接受美学、整体文学批评。

但是诗人，从来不在乎诗学的话语：

我曾经很神经质。现在新的路上：我在桌上放一

> 个苹果。之后，投身于苹果之中。多么安静！看似简单。二十年以来我在尝试；但不成功，想从这里再开始。为什么不呢？或许我会感到受辱，它体积小，它的生命晦涩而缓慢。这是可能的。内层的思想很少美丽。因此我另外开始，融入爱思够河。[1]

爱思够河和无数感觉，弃绝、忍耐、苹果、冻僵，历史的社会的形式主义的诗学，能框架它们吗？

西方表音文字是概念性思辨语言，从口语和交流功能进入符号记录，经《圣经》阐释学逐渐被视作表述上帝之圣言的工具，尽管因为是人的语言，它并不完美。现实与话语的关系很直接，现实是话语的目的，话语是理性对现实进行的再现和逻辑判断。

汪德迈（Léon Vandermeersch）认为，在西方文化里，思辨性思想从话语性拼音文字形式里提炼出交流语言，以期提取概念性语言的精华。这一提炼通过将语言认知能力理性化而成。亚里士多德在其名为《逻辑学》

---

[1] Henri Michaux, *Lointain intérieur*, in *L'Espace du dedans*, Paris, Gallimard, 1994, p.199.

的论集中将所有的推理进程理论化，从中概括出有关原则，这些原则后来收入《工具篇》，是西方思想所受的重大影响之一。第一篇论文名为《范畴论》，探讨各种不同的特征，在这些特征下，现实成为“话语”之目的，理性进而对之作出判断（*kategorein*）。实体范畴被定义为类，其他九个范畴从之。九个范畴是数量、质量、关系、场所、时间、姿势、状态、动作、承受。这一逻辑范畴化显然来自语言学范畴：主语、实体的基本逻辑、动词的主动态与被动态、行动与情感话语、现代分词、物主代词等等。这一外延来自包括古希腊文在内的印欧语言中的性数变化，性数变化是语法使说话人在言说事物时不得不认可的事物间关系之表述，亚里士多德认为，此乃事物的本性所致。因为事物本性在言说中是如此用语法体现的，思辨性思维不会因而产生自己的语言，只是简单地将交流性往概念性提炼。亚里士多德的逻辑学如其名所示，是“话语”（古希腊语 *logos*）的精华。[1]

写者处于两难之中：如何完美地表述而不被有限的

[1] ［法］汪德迈《中国教给我们什么》，［法］金丝燕译，北京：中国大百科全书出版社，2020。

语言所制约？如何破裂不完美的语言以企及完美的上帝之启示。被启示的语言何以可能表述所承载的神启？

中国文言是一种认知述行性的思辨话语，它具有表意性，天然的隐喻性，与写者的关系是非遇不知，相遇是创造，不存在破裂语言以寻求启示性的使命。它本身就是启示性的、思辨性的、隐喻性的，非话语逻辑的。其逻辑"理性"，不通过交流性话语，而是通过源自占卜，带有认知述行性的文言取代概念性的思辨语言。因此，可以在根本意上（不是在语法上，而是在话语的语言性"文"之含义上）定义中国"文言"性思辨话语。中国文字的逻辑是一种"表意性"逻辑，它完全以另一种方式使语言运行，而非亚里士多德的再现现实的"话语"逻辑。[1]

中国文言具有占卜功能，"文"是启示性文字。"作者力图释出书写语言本身的力量，尽量使表意文字揭示事物隐秘性和启示功能。正是中国文字与占卜一脉相承

[1] ［法］汪德迈《中国教给我们什么》，［法］金丝燕译，北京：中国大百科全书出版社，2020。

的关系，创造出中国独特的语义学。[1]

感知这词太被动，诗是内在自然涌现，或言内生性，非个人的、自我的、学究思路的。搭上宇宙之脉，突破现象世界的线性逻辑，把某一瞬间庙宇化、结晶化，在刹那外现化显之；言刹那，是因为捕捉的永远是无以捕捉的，每一当下都在变化。变化的灵魂是空间，“是”就是这个灵魂。诗要说什么，这不是诗人的问题。诗就是空白，它始终涌动在每一个生命体内，而人间逻辑全力关闭人的诗性毛孔，引诱人关注现象世界的意义，忘掉空间，忘掉之间。

然而，这“间”是一切可能。诗来自这“间”，宇宙的涌动微妙显现。马拉美的一本书就是这样无数之间中的一个。诗的空间是永恒的，因为它的之间，它的不可被确定性。它永远在路上，不断地被诗人和可能的诗人叩问。生命和书写变得纯粹、无边，含义随意，具有召唤性。时空在那里毫无意义，没有存在的理由。

---

[1] ［法］汪德迈（Léon Vandermeersch）《中国思想的两种理性——占卜与表意》，［法］金丝燕译，北京：北京大学出版社，2017，第四章，第 48—57 页。

我的心略大于整个宇宙[1]

向石头开花的策兰致敬——[2]
他吹灭漫天的星星
手艺人释放创造的闪电
淹死在苦难的深井中
我们睡去像海螺中的酒
血色月光中的海[3]
可变的钥匙打开心的位置
穿越语言暗道，穿越栏杆
米拉波桥刻下流水[4]

---

❶ 费尔南多·佩索阿（Fernando Pessoa，1888—1935）《我下了火车》。Source: https://mizebeb.wordpress.com/2013/02/05/e-o-meu-coracao-e-um-pouco-maior-que-o-universo-inteiro/

❷ 北岛《歧路行》，原注：策兰的诗《卡罗那》。（Paul Celan, *Corona*, in *Pavot et Mémoire*, traduction de Valérie Briet, Paris, Christian Bourgeois Editeur, 1987）

❸ 北岛《歧路行》，原注：策兰的诗《卡罗那》。（Paul Celan, *Corona,* in *Pavot et Mémoire*, traductionde Valérie Briet, Paris, Christian Bourgeois Editeur, 1987）

❹ 北岛《歧路行》，第十六章。

诗学从一开始就有维度，思辨的对象不同。在古希腊亚里士多德的笔下，是论史诗和悲喜剧；在古代中国，是对《诗经》的谈论。诗学的文化背景和语言决定与诗的独特关系。语言本质决定诗的语言：被启示的文字抑或具有启示性的文字。这是表音文字与表意文字中独一无二的中国语言之间的根本分歧。然而，诗是没有国界的，一如诗学。

诗在生命
从无边的习气抓住诗意
那不可见的忽然显现
在虚无的野地
一朵花“那所有花束所缺的”[1]

那是怎样被痉挛的形体被踉跄的偶然
与死亡押韵
一条道似乎显影

---

[1] Mallarmé, *Crise de vers*, in *Œuvres complètes*, Paris, Gallimard, 1945, p.368.

存在和非存在之间[1]

## （三）超越性

人道若只是人，无论深厚，只在六道，生命满足于生命吗？生命能超越生命吗？生命的超越性在哪儿？人的精神和历史的精神可以作为躲避超越的借口吗？在人的维度纷争本体、方法、价值、形式、结构、语言、体裁、叙事、心理、文化、文学性、陌生化，是井底青蛙们自以为得意的游戏。

20世纪，形式主义要科学地分析诗的有机整体，其属性、手法、语言、体裁、共时和历时成为欧洲诗论者们的关键词。雅各布森（Roman Jakobson，1896—1982）的理论推动法国文论者将马拉美（Stéphane Mallarmé，1842—1898）的诗学概括成三个层次的对立：日常语言与诗的语言，约定俗成的语言与生成性语言，消息性语

[1] 金丝燕《诗：放牧迷失》。

言与召唤性语言。19 世纪欧洲的纯诗和布拉格结构主义理论在马拉美和形式主义那里结晶。

远离定义和分析，更不会跟在诗人后面鹦鹉学舌装腔，诗学要哲学它的维度：诗。它是无限的，但可以穿越。如何捕捉诗，延续之，细密之？今天，中国新诗学遇到的不是中西方如何平等对话的问题，而是如何继续其形而上的传统，继续宇宙对话之路，回到其语言的灵魂：占卜性、宇宙性。要哲学它的维度，美酒、白粉和美好拆解诗学，是诗学的敌人。

任何边界在诗人的呼喊中消失。诗是流星，自己照耀，瞬间消失。不求理解。每一个生命是一个世界，这世界之间需要的是理解吗？

> 在欢乐的梦中，满足于折磨，
> 和只熄灭影子，随着夏季的微风，
> 我游在一个无底无边的海中，
> 耕耘波浪，在沙上建筑，在风中书写。❶

---

❶ 彼得拉克《歌集》第 212 首，Pétrarque, *Le Chansonnier (Canzoniere)*, traduction et édition critique par Pierre Blanc, Paris, Classiques Jaunes, Textes du monde, 1989, p.357.

这个世界的生命在诗的呼唤下保护着心中尚未被文化烤熟的角落，诗让生命感到最亲近而最陌生，最不理解而最被吸引，最痛恨但最爱读：

我的心灵萦绕着眩晕，
麻木对虚无频生嫉羡。
—呵！“数”与“存在”，欲逃万难！[1]

诗学对于诗，是无数流星之间的空间，一如岛屿间的海水。相互不是存在的理由，但彼此寻找存在的借口。生命因为诗，极端化为微妙。诗因为诗学，微妙得到呼吸。

驱散黑暗的不是蜡烛不是等，
而是彻夜失眠的眼睛！
——茨维塔耶娃（Marina Ivanovna Tsvetaïeva，1892—1941）《看，又是这样的窗口》，谷羽译

[1] 波德莱尔《深渊》，刘楠祺译，Beaudelaire, *Œuvres complètes*, Paris, Gallimard, 1983, vol.1, p.142.

和诗那样，感觉的，思辨的，超越的，在人间逻辑和宇宙逻辑之间，可有可无，却托起生命，化不可忍受为空气。诗面对世界的罗网，试图冲破死亡和偶然，不妥协。诗学用话语冲破话语，化解话语，创造，试图通过话语永恒的不完美连接宇宙可以穿越的无限。话语

诗学在希腊语 poiesis 是关于艺术创造的研究，从无到有的进程（柏拉图）。亚里士多德的《诗学》第一卷讨论悲剧和史诗。作者对艺术作出“基本原则”，艺术和诗的本质是模仿、反映现实。《诗学》的观点，即模仿、净化、再现为西方诗学之源流。其中有两个基本因素，艺术家以模仿来表现现实，其模仿可以将过去或现有之事、传说所信之事等表现得或更好或更坏，或真实或理想化；而“诗人的职责不在于描述已发生的事，而在于描写可能发生的事，即按照可然律或必然律可能发生的事”❶。

与亚里士多德的诗学思辨并行，中国诗学与远古诗对话。“在心为志，发言为诗，情动于中而形于言”（《毛

❶《诗学》第九章 , in Aristote, *Poétique*, chapitre IX, texte, traduction, notes par Roselyne Dupont-Rocet Jean Lallot, Paris, Seuil, 1980, p.65.

诗序》)，“诗，言其志也；歌，咏其声也；舞，动其容也”(《礼记·乐记》)，两论一脉。而后者与《说文解字》的“文，错画也，象交文”，《尔雅·释诂》的“文，饰也”，东汉刘熙《释名·释言语》的“文者，会集众采以成锦绣，会集众字以成词谊，如文绣也”三论呼应。《尚书·尧典》总结为：“诗言志，歌咏言；声依咏，律和声。八音克谐，无相夺伦，神人以和。”

诗学、修辞学和诠释学，西方人文的三大支柱，随着神学的弱化、工业革命与科学主义的霸权先后失去存在的理由，语言学拾起修辞学和阐释学的语言性，在当下口语和语言表述上打滚，自以为是，霸道。但无论如何霸道，语言学的封闭性和分割性使之命定地与诗背道而驰。语言学家们没有进入诗的可能。

语言学家是语言的解剖者。其中至上者为庄子笔下的庖丁。人间需要。有定位格子话语，生活的理由就充足了，劳动社会化、分工化、利益化，人的思想被形而下、被规范、被概念化，符合政治家们的胃口。吃了地球上的盐水和草，不再透明，不会飞翔了。

诗不需要庖丁。将牛分门别类，有助于烹调，但诗寻找的是流动所有细节之间的空气。它到哪里去了？

诗人从不幻想诗在某一天成为世界的主角，远离公共叙述与群体性。超验的经验不可重复，每一个生命是一个世界，每一刻的感觉是独立的、瞬间的、不复返的。所谓的教化天下，只是理想。中国语言不是简单的口语书写文字，而是一种特殊构思的文字语言，超越交流性，在认知思辨层面运作。中国远古诗是指向宇宙的呼喊，通过祭颂礼仪，超越话语，升华万物的激情和形而上，在宇宙的思辨皱褶里。

只有诗学，无论人间和历史的翻滚，始终在，或隐或现，如钱币上的水印。诗学存在的理由，是人的革命天性。

多少手臂要改变世界
专注这个世界的眼光是如此地稀少[1]

因此人有诗的可能，假如……

故事有了新的开始

---

[1] 朱利安 · 格拉克（Julien Gracq，1910—2007）转引自 Régis Debray, Zhao Tingyang, *Du ciel à la terre – La Chine et l'Occident*, Paris, Les Arènes, 2014.

我的拳头延伸成大锤
在失眠的铁砧上
锻造废弃的词语
星星引爆夜的火药：
太阳跃动 ❶

法国诗人维庸问道：

去年的雪到哪里去了？❷

彼得拉克回答：

向我崇敬而感恩的上帝，
他统治并撑起天穹在一个眼神里，
我回向活得疲惫而满足 ❸

---

❶ 北岛《歧路行》，第六章。

❷ François Villon, *Ballade des Dames du temps jadis.*

❸ 彼得拉克（Francesco Petrarca，1304—1374）《歌集》（*Canzoniere*）第 363 首。

两百年后，一千年后，五千年后，人类若还有回想的能力，他们会说：那时，幸亏有你们，诗人。

而午夜的王子奈瓦尔回答：

> 他倦于历史的陈述，
> 他让瓶中的墨水在写作中极度干涸，
> 他要知晓一切然而他什么也不知。
>
> 他厌倦这生命，当那一时刻来临，
> 一个冬天的夜晚，终于灵魂使他欢欣，
> 他走了，说："我为何来呢？"[1]

这样的文字传统，诗的维度，诗学的维度，是弃绝、无视还是继续超验？弃绝可能吗？超验何以可能？

现象世界可以没有诗，诗在感性和智性之间，在感性深谷的世界和永恒的世界之间，而现象世界沿着自己的频率运转。诗的存在可有可无，它在现象界的生命有

---

[1] 奈瓦尔《墓志铭》*Epitaphe*, in Gérard de Nerval, *Œuvres complètes*, Paris, Gallimard, 1952, p.73.

足够的理由在粗糙的、大颗粒的、六根心满意足中走过。

诗不担负和所有生命相应、共振的使命。诗是无意义的。它天性就和大众交臂失之。它怎么会陷于探索人类体验的外延和特性之中？

向叛逆的阿多尼斯致敬
我的孤独是一座花园
从童年的地平在线
看长夜，绿色信号弹上升
代替那颗陨落的星星
永恒——火与火之间的深渊
在父亲的苏菲的血液中[1]
君临宗教、战争和废墟
我的词语是撼动生命的风[2]

诗是高维度的，它的高频率能量可以转化现象世界，转化形而下，如果后者愿意。愿力发出的每一个音都会

[1] 北岛原注：苏菲主义，即神秘主义。
[2] 北岛《歧路行》，第十六章。

在宇宙中得到响应。从生和死之间的有形进入无形的、灵性的、无限的宇宙体。

诗的召唤性与宇宙间每一个生命的振幅同频，那是心性的波段。诗引领心性的波段超越日常频率，直冲现象世界之外。它不在思想、感觉和意识驻足，它探询宇宙无限的振动秘密，在有形世界和无形世界之间。

在这样的意义上，诗人是通灵者，宇宙的。

叩问诗，而不赋予意义，诗学有了存在的理由，它的维度。

# 第二章

# 诗的宇宙而上：非写不知与话语的召唤性

诗人是通灵者。

当世界被一种逻辑转着，诗就有存在的理由，尽管灵魂各异。何为中国诗的灵魂？语言？话语？拼音文字系统下的西方现代性所追逐的语言意识？抑或“在心为志，发言为诗”（《毛诗序》）？文言表意系统下的“神理共契”（《文心雕龙·明诗》）？

问射未知，而不论落处，从结果上看省去多余的逻辑话语，从根器上看，诗人具有与真实若即若离的气性。和宇宙对话，诗人从生存圆中探出脑袋，进入妙天，那里不需要精微。精微由雕琢而生，占卜起源使中国诗从一开始就与雕琢风马牛不相及。

不敢高声语，

恐惊天上人。[1]

中国诗由占辞与宇宙对话，卜人可谓最初的无名诗人。屈原第一个留下名字。诗体现的就是这种人与宇宙的相关性。诗人进入自然，与万象相互感应、相互被激活，与万物保持在同一频道，这与西方以时间为基础的因果律不同，后者使诗人处于与外界的两元逻辑里。或反抗或模仿都是这一两元的显像。宇宙而上的诗人从其胎儿开始，就可以在与宇宙的对话和与万象的相关性这两个空间创造超验性、活在超验性，尽管这一创造性通常会被遗忘在某个角落，天边：

在麦地上跑着
雪和太阳的光芒

诗人，你无力偿还
麦地和光芒的情义
一种愿望

---

[1] 李白《夜宿山寺》。

一种善良
你无力偿还

你无力偿还
一颗放射光芒的星辰
在你头顶寂寞燃烧[1]

话语意识是当代西方诗学的核心问题。自亚里士多德的《诗学》以降，无论思辨如何翻滚，模仿与再现始终或明或暗地引领着话语。在西方思想里，从柏拉图开始，认为在洞窟活动的影子世界与真实的理念世界截然不同。两者的二元关系通过话语再现。法国当代诗人伊夫·博纳富瓦（Yves Bonnefoy，1923—2016）最敏感“诗在话语的空间相互追逐”[2]的状态。当代西方语言写作中的诗人将话语作为灵魂在创作中的再现。必须通过话语的元素即词语进行出乎意料的组合或粉碎，找到诗。诗

---

❶ 海子（1964—1989）《询问》，周俊、张维编《海子、骆一禾作品集》，南京：南京出版社，1991，第 3 页。

❷ Yves Bonnefoy,《L'acte et le lieu de la poésie》, in *L'improbable et autres essais*, Paris, Gallimard, 1996, pp.132-133.

作用于语言，折腾语言，破裂语言，促使语言与约定俗成的意义脱离。

中国诗叩问宇宙的本质决定了它的公共性和形而上，个人主体不是它关注的问题。屈原向天之问超越了现实与话语的维度：

遂古之初，谁传道之？
上下未形，何由考之？
冥昭瞢闇，谁能极之？
冯翼惟像，何以识之？
明明闇闇，惟时何为？
阴阳三合，何本何化？
圜则九重，孰营度之？

《尚书》中四言体的祭神祷告辞“诰”，与君王和诸侯的誓辞，是最早的礼仪祭祀诗。在“允恭克让，光被四表，格于上下。克明俊德，以亲九族。九族既睦，平章百姓。百姓昭明，协和万邦。黎民于变时雍”（《尚书·尧典》）的诗行里，我们读不到反映现实的风雅颂，牵动它神经的，唯有上天。

两千三百多年后的今天，我们仍然听到这一向天之问：

为什么此刻到远古
历史逆向而行
为什么万物循环
背离时间进程
为什么古老口信
由石碑传颂[1]

上天之道在中国诗为左右万物的潜在的宇宙法则。当下的“问”与未来可能的“发生”之间有着关联而非因果的关系。诗人进入宇宙法则，感觉而不描述，感应而不模仿，融会而不反映，合一而无主客体，对话而非倾听，相互激活而非净化、自在而非惊奇。诗是整体的，不分割的。在那里，经验和话语不足为道。叩问宇宙，因为它的特殊文字起源。

中国文字体系源于殷朝（公元前2250年）的甲骨占

[1] 北岛《歧路行·序曲》。

卜，比苏美尔文字体系要晚两千多年。后者是一种依照自然口语而成的自然语言，和世界上其他表音或表意语言的性质一样，是非表意文字的“话语语言”，即文字非表意但口语词语述说意思。法国语言学家安德烈·马蒂耐（André Martinet）认为言语以两种组合为基础，第一层是话语流上形成的意义，第二层是由语义组合的语音符号单位。第一语义的组合与第二语音的组合构成有字母文字所仿真的话语机制。第一组合为语素即词语链，依靠第二组合即语音链而形成交流性的传播的话语。所有话语文字在第一组合上捕捉交流性口语，将之落成发声的符号通过第二组合，这一过程完全不是分析性的，而只是记录每一个含义所发声的语音符号。因此，这些符号被称作“表意字”，而事实上是表意话语，表述发音而非思想。通过进一步分析发声，地中海文化将第二组合的结构分为辅音和元音，而后者在阿拉伯语言中是潜含在纯辅音之间的；并将话语字转化成更为经济的少量字母符号。而中国文字没有依照口语照葫画瓢，它起源于本身带有意义的文字符号，将之抽象升格为语言，高于话语语言，是真正的“表意文字”。它由占卜人“准科学地”构想而成，是理性制造的非自然语言，当然其理性最初还尚处萌芽状态，但思辨理性已经显现，举世无双。

中国文字是作为极为精妙的技术构思而成的，用于占卜，卜人将占辞和验辞以方程式的形式链接。这一占卜起源，决定了中国文字的表意性质，它与话语表音符号不存在依附关系，尽管当时卜人并非是哑巴，他们也说话，但文字的占卜性质决定其意义在占。卜兆旁侧所刻文字占卜的所有因素：序辞（干支系统），卜人（人名），所占之事（命辞），和占辞。命辞向思维的形而上层面发问，感性知识完全够不着。认知是形而上的、对可见的现象世界的奇妙的认知（逐渐演化为“科学占卜”的神奇），而占辞是就上天对命辞之回复进行分析而获得的结果（逐渐科学地以卦的方式概念化）。中国的表意文字就是这样作为“科学”的分析工具创制而成的，一种思辨性思想的特殊工具，它与由口语形成并发展成字母的、以交流为特性的话语很不同。思想将后者精微成书写的概念性语言，但这不是创造，而中国表意文字的六书则是。

这样的中国文字赋予中国诗以灵魂，是中国诗的“话语逻辑”。

“形而上”一词最初出现于《易经 · 系辞》第十二章：“形而上者谓之道，形而下者谓之器。”超越我们所感知的“实实在在之体”，与“形而下”相对。是“宇宙而上”。希腊词语“*meta-phusikè*”，其原意指有关亚里士多德《物理学》(*Physica*)的论述，出版者将之置于书后(*meta*)。中文翻译将代表纯粹超越万物之现象的“形而上”来翻译亚里士多德的“物而上”。[1]汪德迈感叹翻译不准确，它导致对中国超验性的含义被严重曲解。他指出，“形而上”(*meta-physique*)古希腊语原意是指对亚里士多德的论著进行注疏的那些文本，后来被出版人放入亚里士多德的《物理学》一书后面(*meta*)。“*meta*”也有超越的含义。亚里士多德的注释者们，从哲学家辛普里丘(Simplicius，480—542)开始，赋予“*meta-physique*”(关于物理学)一词以物理学之外的含义，尤其是西方基督教传统中的上帝之理念，圣 · 托马斯(Thomas d’Aquin，1225—1274)将之推向极致。是“物而上”的“形而上”。

---

[1] 参见［法］汪德迈(Léon Vandermeersch)，《“形而上”与“物而上”：两个概念、两种世界观》，《民俗典籍文字研究》，北京：商务印书馆，2017，第19辑，第37—41页。

形而上与形而下将万物之意（现实的语义）的表述形式分成三等：最底层为普通口语，在这一层，事物只是根据其表象被定义；之上是书写层，用表意文字的书写是用模拟诠释现象世界语义结构；《易经》八卦在顶层，用数码诠释，“卦以情假系辞焉”：

> 其所阐述的体系是一种将世界观理论化的形而上宇宙学，自古以来，长期而密集的占卜实践据此来框架中国思想。是形而上宇宙学，而非形而上物理学，因为只有占卜所有的超验性维度是非本体的，而纯粹是超越现象的。正如《易经》自己所定义的那样，它标志一种对有色界的超越——形而上[1]，而非对物理性真实的超越——物而上[2]。

诠释的根基在揭示超越感觉的占卜，占卜通过龟甲卜兆建立模拟性诠释，之后通过数字（奇数和偶数）并

❶ 参见［法］汪德迈（Léon Vandermeersch），《易经 · 系辞上》。由于没有理解起源于神学的西方思想中超验性的本体范畴，《易经》中这一表述被用来翻译西方形而上的概念。汪德迈注。

❷ 同上，很遗憾“形而上”被选作西方“*métaphysique*”概念的译词，导致巨大的混淆。“*métaphysique*”应该译成“物而上”。汪德迈注。

由此建立与之相应的数卦。是占卜体现了形而下与形而上的断裂，那是知识意义上的断裂，而西方思想中的超越揭示生存（l'être），当然上帝的存在与世界的存在不同。阴阳在万物之中，只是不占卜未知。也就是说，从起源上看，西方的超越是本体性的，中国的超越是认知性的，因此天生固有内在性。

中国文字的起源决定诗的维度：宇宙而上，与宇宙融合。

宇宙而上，叩问未知是人的本能，人所以不为蚂蚁。打开所有生命的毛孔去感觉宇宙虚空微尘数生命的呼吸，感觉的愉悦变得无边了。表述的话语喷发了。而模仿，试图表现个体或群体无常的翻滚，无论是如实、美化还是丑化，诗沦为了歌。诗不描述，描述只是满足审美的愉悦。当感觉就是火山，还有审读火苗的必要吗？

当代各文化遇到一个共同的问题：诗学何为？问题的提出，隐含着共同的质疑：文化如何在人类普世的背景下保持各自的特性？诗学是思想的投射，无限，但可以穿越。它处在两种角度的交叉点上：纵向的历时性角度与横向的共时性角度，面向本文化与其他一种或几种他者文化，在认识论上、哲学上、文学上开放。

新诗学是从多重文化相遇这样的框架出发谈视野。它多重，开放，相遇，相撞，相对，没有界限，不像当今的流行关键词所言的那样，要“体现自己的价值”。诗学不论价值，价值体系观念与诗学无关。思想的细密、对未知的好奇、生命力、想象力、定力与语言的相互凿琢在每一个关联应和性中展开，或刹那或无限。这是诗学的质量，它不会与生俱来，需要长期不断的训练。那是一个没有开始和结束的吐丝，和蚕一样。

关联应和性一词 *Corrélativité* 最早源于英语的 *correlativity*，分别为葛瑞汉（Angus Charles Graham，1919—1991）和李约瑟（Joseph Needham，1900—1995）在中国学研究中发展法国汉学家葛兰言（Marcel Granet，1884—1940）就中国思想宇宙万物的“应和”观（correspondance）而提出的概念。法国汉学家汪德迈借用之并结合法语形容词 *Corrélatif* 创新而来。汪德迈提出，中国将甲骨占卜的兆纹与将发生的事件相应和是一种特殊的思维。如同兆纹以其圻向显示吉凶（向上为吉，向下为凶，以及之后的各种阴阳卦象）一样，万物之间，相同结构之间存在感应。中国思想对现象之因通常用其结构与其他现象的相似性结构所有的应和性来解释，而不言因果律。这一思辨导致中国表意文字的产生、中医的实践和指南针的发明。

文化转场的重要区域是一个“间”字，即德里达说的差延（或译成“延异”）。文字维度的研究，有两个视野，口语为主导的“表述性”或以书写与自然应和的“关联性”。如何捕捉多层面的差延，延续之，细密、深入之，让诗学继续古代的源流，重现建立与宇宙的对话？

古希腊和古印度、佛教的文学传统是口诵。中国文学是书写。诗言志和歌咏言两大传统以《诗经》与《离骚》为代表。诗与宇宙对话，而非日常消息性对话，因而具有“宇宙而上”而非物理而上的“形而上”特性。汪德迈在《中国文学：非凡的文学》一书中特别谈到中国文字超越话语的形而下，而字母文字中口语则首领文字：

> ……所有写作都包含表意字之“文”的崇高性，表意文字是占卜的女儿，和占卜一样在形而上的层面运作，超越话语的形而下（相反，在字母系统话语被

过分超值，把文字变成口语的侍从）。[1]

也正是诗的宇宙而上的、形而上的这一特性，决定了诗在社会中的边缘化地位。不用幻想诗成为世界的主人。

诗的存在理由是多重的、普世的，诗学关注诗的未来。

## 第一种理由：诗不面对读者

诗寻找最微妙的感应，并驻足其中，多么了不起的神力。但模仿切断了通往的道路。人用过去、现在和将来把自己割裂，也阉割了无限。已然的、未然的、想象的三层叙述在模仿中网织故事、传说和理想。真实、可信、美丑是模仿的关键词。而那不可言说、不可思议的微妙只有与宇宙一体的时候才可能被诗感觉。诗不是语言，它游走空间，顺手甩下些符号，含义冲击约定俗成的话语。它不用懂得分寸，从生存圆中探出头去呼吸宇

---

[1] Léon Vandermeersch，*La littérature chinoise - littérature hors norme*，待出版。

宙，生存的上空有了光晕。诗只看天，不关注地面的皱纹。它留给宇宙去处理一切细节。它只是感动，轻轻地说着，和微妙，希望尽可能长地留在其间。

诗将被某一可怕而滋润的空白所感动，一如乐队，展开羽翼；但温室扎根在你们中间。无论在哪里，否定不可言说性，它说谎。

> "信念"在大海的彼岸，
> 这时泛来一只小船，
> 我遥见对面的世界
> 毫不似我的从前；
> 为什么我不能渡去？
> "因为你还留恋这边！"❶

个人在群体的旋涡中可以自救，当他尽力保持距离和清醒。一颗孤寂的灵魂是不可能被理解的。他是他自己的存在，一旦对话，就有成为他者的危险。卡夫卡笔

❶ 穆旦（1918—1977）《葬歌》，李方编《穆旦诗全集》，北京：中国文学出版社，1996，第 292—293 页。

下的甲虫，当它连翻身都不可能时，思想的触角开始伸得那么远，远得天都看不到它的踪迹。远离的意义就在于此。如果把远离和持不同政见相连，形而上的问题拉到形而下，是历史的误解。

这样的清醒，如若在一个鱼缸里，是不可能产生的，无论这个鱼缸多么巨大，甚至可以容下十几亿生命，但它仍然是一个鱼缸。跳出鱼缸，倾听鱼缸外面的声音。那外边，有无数鱼缸，各种声音。而各种声音的存在，是思想的源流。他者是自我存在的前提。逃往绝非躲避他者，相反是倾听“他”，那个离自己最近又最遥远、最熟悉却最陌生的“我”。而诗，提供了这样的可能。

> 为了另一个世界我终于扣上绑腿，
> 完成墓志铭我获取自由[1]

挣托了群体的个体，将以何种方式存在？灵魂真的会迷失在永恒的沉沦之中，一如圣经文学所描绘的那样？

---

[1] 奈瓦尔《夫人与王后》，Gérard de Nerval, *Madame et souveraine*，in *Œuvres complètes*, Paris, Gallimard, 1952, p.372.

我进入，用内心之眼——尽管微弱，瞥见在我内心之眼、智性之上的恒定之光；此光并非肉眼可捕捉但又非另光，同一性质，从更广更强烈的光源吐出，以其广渺充满空间。此光极为特殊。它于我，不是油在水面，不是天在地之上；它在我之上，作为我存在的创造者；我在其下，作为他的作品。谁知道真理，即见此光；谁见这光，即知道永恒。爱是见此光之眼。❶

## 第二种理由：诗是精神性的、神谕的

诗是精神性的，精神对社会心态的影响需要五十到八十年，诗人可能等不到那一天，而历史会记住他。精神无休止地寻求破格语言，语言则以召唤性响应精神的苛求，两者互为灵感。中国远古诗的礼颂传统所承担的教化感物吟志作用在中古发生变化，体现在内在性地使诗学进入形而上的美学。中国诗学中的两大支柱，诗律与诗论形成，与佛经汉译时期相应。公元 4 世纪和 5 世

❶［古罗马］奥古斯丁《忏悔录》，卷七，第十章。

纪佛经对古代文言的破格和促使诗律的形成起了革命性作用。如《长阿含 · 大本经》的汉译与巴利文文本的偈诵对中国诗律的影响。[1]

《诗经》以四言为主，兼有五言。《尚书》以四言格式为主。其中的《虞书》篇至《商书》篇，为尧帝时始诵的史诗。《尚书》与《诗经》的四言体逐渐被五言、七言取代，其变化时段正在佛经偈诵进入汉土那一时期。中国远古诗承担祭颂礼仪、教化天下并与宇宙对话的作用。佛经偈诵汉译，开拓出诗的第三条道路：内在的超越性：

放牧迷失吧，诗人。

---

[1] 汉译《长阿含 · 大本经》52 首偈颂均匀分布于全经 105 段，除了第二节偈颂类似导言，预告后面佛陀即将叙述的故事框架，其余 51 个偈颂均在单数节段，与散文体叙述相间，一段叙述，一段偈颂，偈颂或对上一段叙事进行概述，或旁白，或补充。《大本经》汉译偈颂体，为中国古典诗律的形成提供了一个可能的参照系。52 首偈颂不特别讲求用韵，其中三首即第 101、103、105 偈为四言诗，其余 49 首为五言诗。

第三章

# 诗的音乐性

当代诗学的第一关注是如何激发对语言的质疑，如何捕捉当今诗中语言的迁徙，诗创造一种特殊的、而又不是另一个世界的语言。

当代诗论继续诗人兰波的定义 :“寻找一种语言”[1]，即诗学的话语。是否如兰波所预言的那样，一种普世的语言的时代即将到来？诗人说语言还是语言说诗人？在现代主义那里决然分开的问题，到了《后现代》，是一个问题。高行健在经历了两个问题的折磨之后，在 2000 年初回答说“两者都有”[2]。

语言说诗人，文本成为主体性得以存在的唯一空间，

---

[1] Arthur Rimbaud *Lettre à Paul Demeny*, 15 mai, 1871.

[2] 参见 : 金丝燕《文学与写作》,《二十一世纪》，香港 : 香港中文大学，第 62 期，第 5—23 页，2000 年 12 月出版。

其结果，很可能是语言对人的独裁。这于我们并不陌生。努力使自己与存在妥协，危险在于存在决定甚至替代意识。主体被搁置在一旁，因为人不再处于创作中心。灵感到哪里去了？出乎意料到哪里去了？诗人的感性到哪里去了？问题不是回答。

语言哲学以话语为中心，认为只有语言表述事物的状态，如“天是蓝的”。但是，诗不仅是表述性语言，今天它更是动态式的，如：“蓝色吧，天！”约翰·奥斯丁（John Langshaw Austin，1911—1960）说：“说一件事，是做这件事。”[1]

对于这一柏拉图以来语言哲学的核心论题，德里达作了进一步深入：

> 所指应该独特地、扼要地成为痕迹（不仅仅为了完成创建的精神），它应该始终已经处于能指的位置，这是显得天真的建议，在那里，话语的形而上必须从显现到意识，把文字作为死亡和源泉来思考。

---

[1] John Langshaw Austin, How to Do Things with Words : The William James Lectures delivered at Harvard University in 1955, 1962, in Quand dire, c'est faire, traduction et introduction de Gilles Lane, Paris, Points, Seuils, 1962, p.13.

诗人说语言，而语言的认知功能如现代语言分析所确定的那样在于描述世界，那他完全在继续古典时代所传的书写作用。诗人的作用是什么？他沉浸在历史之中思考人与世界的关系？他询问语言的作用，一如马拉美，给语言另一种创造性的力量以对抗约定俗成的没有惊诧的话语？他通过自动写作在梦和现实之间寻找超现实性？直到今天，这些寻找仍然是寻找，马拉美的"一本书"还没有实现。或许永远不可能。

诗人拒绝使用工具化的约定俗成的语言，后者在命名世界，而"命名隐含着将名字永久地祭奠给了受名的物体，或者用黑格尔的话说，名面对作为本质性的物体，所揭示的是非本质的东西"[1]，萨特（Jean-Paul Sartre，1905—1980）发声。他关于诗人与语言关系的思考表达了当代诗人面对语言的所有关注。事实上，诗人已经决然从语言工具抽身；他从此选择诗的态度，即把词语作为事物而非作为符号。因为符号的晦涩意味着人可以任意穿越它一如穿越一块玻璃，并通过符号追求被符号化

[1] Voir Jean-Paul Sartre, *Qu'est-ce que la littérature ?*, Paris, Gallimard, 1948, Folio Essais, pp.17-19.

的事物，或者将眼光移向其“现实”并将其视为物体。在词语之外言说者接近物体，诗人就处于其间。[1]

对于诗学，重要的是看以何以“诗人处于言语之外，倒着看词语”，诗如何言于“词语之外”？

中国当代诗人试图通过 1917 年的文学革命让言语放光，但很快被“我们”约定俗成化。不过这挡不住诗人继续提出质疑。主体是书写过程中唯一的操作者吗？主宰主体的诞生并将主体与经验主义分离的诗学语言具有什么作用？这就产生了中国当代作家所面临的四大困境。

中国作家面临四种困境。困境一，原有的抵抗对象消失。作家看到，除了母语，以往那么被绑在一起的一切限制，不复存在，有点荒谬。习惯于作无声尖叫、以密码和隐喻表述的诗突然出现在自由的蓝天下，诗人由抗拒者和斗士不得不成为普通作家，面对自己的空间和语言。[2] 困境二，对语言的焦虑，对语言的质疑和革命使文学濒临瓦解[3]。困境三，涉及中国和世界其他国家的作者，是否与消费社会妥协？是被读者创造，还是创造读

---

❶ Voir Jean-Paul Sartre, *Qu'est-ce que la littérature ?*, Paris, Gallimard.

❷ 高行健《中国流亡文学的困境》，香港：天地图书，1996，第 112 页。

❸ 同上，第 126 页。

者。困境四是现代性与自我问题。对诗人和语言的质疑在当今尤其尖锐。

如何叩问诗的灵魂而非以穿越读者与批译者的铜墙铁壁为己任？诗的灵魂是抵抗还是创造？是消除邪恶还是回归与宇宙的对话？是热望还是集体的记忆与自我的发现？是感性的还是智性的？是药方还是灵感？是依靠苦难以求诗句还是尽量保护内心不被生活和文化烤熟的那个角落？是经历者、见证人还是游离于生存圆内外各维度的最自由的人？

在一切都源自字母文字的因果律或表意文字的关联性的宇宙里，诗人不呼唤凸显他自己，通过“自己的诗”。诗可以是特殊的，时代的，个人表述或普世的希望。寻找有价值的、真实的和永恒的意义，不应该是诗的终极。诗的空白是无边的，诗的呼唤是绝对的，诗人还会说自由是诗的力量本身吗？

诗者　穿透显相　破世界的神秘
世界构想在每一个心性里
把你陷入无底的致命的寻觅
而安坐不会给你般若波罗蜜多

人的排他性没让我伤心
悲伤是美的悲剧性欢喜
不用眼感觉那没有显现的
你活在其间甚至与无言的文字

“诗者让自己变成通灵”❶不受灾难的宇宙
“因为诗是星”❷星宿的孩子❸

雨果回答陶醉的兰波。

当文学（诗）被作为表现社会的纯粹工具时，纯文学倾向和自我主体性的呼喊旨在将文学性还给文学本身。文学是人本身，是人的表述。而当语言成为诗的唯一主语、吸引所有批评的关注时，人们发现它是一个陷阱。文学体现人对生存的感知。诗人们自波德莱尔、兰波和马拉美以来，一百五十年的诗创实验，仍然没有从中走出。

---

❶ Arthur Rimbaud *Lettre à Paul Demeny*, 15 mai 1871.

❷ Victor Hugo, *Les Rayons et les ombres*, in *Œuvres complètes de Victor Hugo*, Ollendorf, 1909 , 17, pp.537-547.

❸ Jin Siyan 金丝燕，*Temple de l'Instant* 庙宇瞬间，Paris，Edition Poètes des Français，2022。

在当代诗史上，这一场纯工具论或纯自我表述的论争有众多诗人艺术家参与。兰波之后，亨利·米肖（Henri Michaux，1899—1984）试图通过创造新诗话语来拓展现实的含义，阿波利奈尔（Guillaume Apollinaire，1880—1918）通过图画诗和取消标点符号打破约定俗成的语言，中国象征派诗人穆木天（1900—1971）和王独清（1898—1940）深受其影响。在这样的背景下，写作主体被撕裂了，“我”被质疑。布瓦洛（Nicolas Boileau，1636—1711）的“凡想清楚的都能表达清楚”，被艾吕雅（Paul Eluard，1895—1952）推翻：“有些词是让人活下去的。它们是无知的。”（*Les mots qui font vivre*）。笛卡尔（René Descartes，1596—1650）的“我思故我在”被雅克·拉康（Jacques Lacan，1901—1981）破成“我思我不在，我在我不思”。诗经历了史无前例的革命。

马拉美走得很远。他蔑视主体性诗，即抒情主义：

> 纯粹的作品意味着诗人表述的消逝，他把首创性让位给词语，通过词语的不规则的撞击；词语被相互的反射点燃，一如石块上的可能产生的一条火线，它们以可感知的呼吸取代原来的抒情之气或个人激情对

语句的主导。[1]

一切都变成悬念，碎片交替而又相互面对，诗的节奏整体受到挑战。诗通过自己特有的无人称、无作者的运动壮大起来。诗人在书写的压力下消逝。在这一解构中，在这一消逝中，纯自然的真实隐去，转化为有节奏的话语运动。诗人诗言着，在这一诗的语言里消逝，成为通过语言所完成的消逝本身。

诗是在空与纸页的空白之间建立一座悬桥，即书写的空间。纸页的空白就是，而这空白，无论是诗结束之外还是诗节或字词之间的空白，在马拉美看来是诗走出沉寂后又回到沉寂。白页与缺席的标点是词语之外的思想的发生之地。“诗的智性盔甲消匿了，在隔离诗节的空间和纸页的空白上产生：意味深长的沉寂，它的美不亚于诗句行文。”[2]

纸页空白或标点的缺席是一种文字格式，意在抵抗诠释，这是一个约定俗成意义被消解的介入场。对于读

---

[1] Mallarmé, *Variation sur un sujet*, in *Œuvres complètes*, Paris, Gallimard, 1945, p.366.

[2] Mallarmé, *Sur Poe*, in *Œuvres complètes*, Paris, Gallimard, 1945, p.872.

者和写者，这一晦涩性使他们的局限性加入游戏，无论他们是作为拆解者还是破字人。

书写有两张面孔：取消一切目的的无边威力，一切目的含有的产生新体的可能，即变形。诗人试图凸显这一过程，做这一过程的观众。他永远不可能是列席者，他就在其中。他能够取消一切而重新开始吗？书写，是写作在经历不同死亡，通过语言和阅读。诗人越是如此经历生和死，便越丰富。这就是当代诗学关注的现代性书写的意义。

诗的现代性有两个维度。第一是语言维度，而非传统的美学维度。第二是主体的内在性维度，而不再是叙述空间，或是对外界的描写。

渐渐地，马拉美“一本书”的理想，20世纪初白俄流亡知识分子带来语言学革命，法国文学批评理论的语言学、社会学和结构主义的结合，为现代性诗学准备了丰沃的土壤。诗人终于提出：不要约定俗成的语言，要正在形成的语言，要召唤性语言；不要消息性语言，要生成性语言，不要格式化语言。一种语言，它能“始终让未来的精神在世间的生存实践变得新奇，诗承担此任”。[1]

中国新诗就产生于这一现代性。黄遵宪（1848—1905）是第一位着力用口语表述自我的诗人，胡适（1891—1962）以白话自由体诗随其后。20 世纪 70 年代问世的“今天”诗派凸显的是一个无以把握、变幻莫测、晦涩的自我。

在中国，1917 年的新文学运动、40 年代的民歌运动以及 90 年代的新诗三度对语言进行革命。汪德迈指出：

> 从文字形态层面看，这是一场深刻的文化革命，将字法与话语结合，这赋予表意性概念性的语言一种话语的柔软性，词语直接可以自由组合，不用如文言字的偏旁结构那样，相互构建，而同时又保存了表意字语义的完整性，而这在拼音文字里是或缺的。[2]

但由于对西方语言根基与起源（自然语言、被启示的语言）不清楚，同时对自己的语言根基与起源（占卜性即非自然语言、启示性的语言）采取放弃态度，因此

---

❶ Yves Bonnefoy, *L'autre langue à portée de voix*, Paris, Seuil, 2013, p.322.

❷ Léon Vandermeersch, *Ce que la Chine nous apprend*, Paris, Gallimard, 2019, p.38.

在话语上投注全力却感到茫然。诗学不能为现代性提供中国语言和思辨的特有元素。这是中国新诗学的困境，也是当今诗人的困惑。“今天”诗派在主体性写作和召唤性语言上有着生动实践，是一次极端的革命，但结果尚未可知。

这是诗人和他的语言自身的相遇，一种形成的语言，而诗人期待从中而出一种无限的写作。诗越使精神自由成为可能，诗写作的可能越接近未知。因此诗的写作也变得不可能。诗的不可能与诗给予的自由的可能是悖论。自由就在写作的不可能之中。北岛的诗可以帮助捕捉这一悖论，看到诗经历的四种割裂：空间的音乐性、词语撞击的音乐性、词义的差延、词义的裂口。

## 诗的第一层割裂：空间的音乐性

一颗子弹穿过苹果
生活已被借用[1]

---

[1] 北岛《苹果与顽石》，北岛《北岛诗歌集》，海口：南海出版公司，2003，第 133 页。

每一个词可以是一颗子弹，如果它从言说中解脱。诗提供了这一可能：穿越但不知道穿向何方。诗写作的不可能与自由正是在这一点上成为真理：自由就在写作的不可能之中。面对苹果，亨利·米肖是进入：

> 我把一只苹果放在桌上。之后置身其中。呵，这是何等的宁静！[1]

北岛不满足于进入苹果，他要穿越它，一如字的内部一道能量。

诗的第一层割裂由词的空间破碎造成。通过破裂结构冲击建立在节奏、音韵和诗句音乐性上的传统书写机制。不确定的新空间通过字词和纸页创造一种视觉音乐性。这些空白的自由度保证词的音乐性的破裂以对抗约定俗成的限制与规范。一个词，在非同寻常的割裂下改变其词义的轨道。其脱轨的威力使阅读变得困难，但使诗人在写作中更自由。这种割裂使象征派诗人李金发的

[1] Henri Michaux, *Lointain intérieur*, in *L'Espace du dedans*, Paris, Gallimard, 1994, p.199.

诗在阅读上变得困难。之后，尝试断裂性写作的诗人们全力寻求一种新诗，不在音乐性上，而在语言的不确定性上。其中，北岛走得很远。他以诗建造一个相当孤立的空间，带着反常的念头：空白的语言张力。

文本形式要实验的是诗的书写空间，甚至是非同寻常的词语切割，使阅读层面的意义在文本的含义上产生迁移。北岛 20 世纪 90 年代的诗作给予这样的可能，阅读有视觉和听觉的维度。（动词的时间性、标点的缺席所造成的节奏、句子非正常的切断。）

因此，阅读是多重的。第一层，通过含义传达含义。第二层，通过一种特殊的文字空间（节奏、断句、空白）使原来想言说的含义迁徙或变调。字义分叉，远离逻辑本来赋予的意义，这样的空间旨在抵抗诠释，诗句在文字的孔院原有的空间被打破。它是“我”介入带通常含义的词语。诗人在含义的确认和否认之间丢失一般读者。

北岛的写作是一个母体，微妙的显现，通过写的愿望和写作前的能量穿越各种空间而不显像。没有确定和饱满的意义。“我”的话语是一个没有定向的、关系不确定的潜在运动。诗情不仅仅是浪漫主义的内心情感波动，更是陌生人投掷于自我之内和之外，穿越其间。

文学写作的真正力量不在于是否和谐，这与想清楚了方能说清楚的古典观念截然不同。对于北岛，真正的力量在于开放的、自由的字词场域、字里行间和价值，使真实在其间显现。因此标点是多余的，装饰性的，除非它本身不可或缺，即当它成为一个词，其词义场域更开放。

> 小号如尖锐的犁
> 耕种夜：多久
> 阳光才会破土[1]

通常人们把北岛的“我不相信”阅读成对社会体制的反抗。其实它首先是对一个自己的挑战，拒绝成为符合公众口味的“我”，寻求那个最遥远最深沉的我。

这意义上的断裂是诗与歌分道的第一因素。

---

[1] 北岛《无题》, in Bei Dao, *Unlock, poems by Bei Dao*, trad. par Eliot Weinberger et Iona Man - Cheong, New York, New Direction Publishing Corporation, 2000, p.22.

## 诗的第二层割裂：词语的音乐性

马拉美在写作中寻找音乐性，认为诗的音乐性不来自词语的抑扬顿挫上。戴望舒受其影响，20 世纪 40 年代提出纯诗的“反音乐性”。德里达继续马拉美的道路，就词语的差延性展开哲学思辨。

马拉美制造一种音乐性，其来源有二，一是通过词的多重契合与多重运动而形成的皱褶，二是通过来自词语智性的一切关联。[1] 北岛敏感于词语这样的音乐性：

为什么不说
词还没被照亮[2]

被照亮的词，其音乐性将话语的智性推向极致。推

---

[1] Mallarmé, *Œuvres complètes*, Paris, Gallimard, 1945, pp.367-368.

[2] 北岛《练习曲》, in Bei Dao, *Unlock, poems by Bei Dao*, trans. by Eliot Weinberger and Iona Man - Cheong, New York, New Direction Publishing Corporation, 2000, p.52.

向而非无终极。因为极致是未知，一种投射未知走向极致的运动。这里，马拉美和北岛，都远离抒情和主体性写作。

对于马拉美，诗人应该把话语让位给词语的创造性，通过词语不平衡的撞击，反差，断裂，空白，有这一切造出音乐性，一种智性的话语。北岛在这条线，抒情、呼喊、诗句的音色不在文字的音乐性里，而在诗的字词之间的空白。但空白本身不是诗的音乐性。词义造成的空白和相碰撞才是诗人的智性必须面对的。词语相互点燃，就像石头撞击迸出火星串。一切成为悬念，断片。而纸上空白空间是联系。[1]

米肖真能在苹果里找到宁静吗？只有他自己能够回答。

这进入的空间是诗人寻找内在性的显露，无论是苹果、禅坐还是书写。对于诗人，为写作而隐退，是边缘自己，甚至是拒绝。置身苹果的处境使他得以逃跑，逃避词语约定俗成的含义所设定的一切轨道。他拒绝他的诗成为民族丰碑、集体的象征。诗人如何在写作中出

---

[1] Mallarmé, *Œuvres complètes*, Paris, Gallimard, 1945，pp.366—367.

生？他在页面上刻写什么呢？抑或页面在他身上刻写什么呢？作者的意图？书写者主体性的真实性？书写拿语言去冒险。可能的文本真的可能吗？生成性写作在哪里？诗的语言是一个表述和含义被质疑的空间，包括主语和他话语的逻辑意义。

每一个词有前意义，写作是要拉开其空间。

为了这一前意义的空间，仅仅藉诗人的热情和灵感是否足够？马拉美和瓦雷里一生的叩问。亨利·米肖同样。瓦雷里说：

> 热情不是作家的状态。

北岛的穿越能走多远？和苹果没关系。诗的力量取决于诗人与其思想和其语言的解脱程度。怎样的思想？这样的语言呢？听瓦雷里的回答：

然而实时性的思想，没有价值的思想，无休止的漫想，适用于口语、与书写不合的思想。[1]

---

[1] Paul Valéry, *Note et digressions*, in *Œuvres*, vol. I, Paris, Gallimard, 1957, p.1201.

## 诗的第三层割裂：词义的差延

于是我们迷上了深渊[1]

书写使北岛得以逃脱，以倾听自己最遥远也最纤细的声音。它在话语之外，在词语的不断差延中发音。和亨利·米肖一样，北岛进入苹果——20 世纪的体验：游牧。深渊在这游牧的状态下形成。

写作与桌子
有敌意的对角线
星期五在冒烟
有人沿着梯子爬出
观众的视野

——北岛《变形》[2]

---

[1] 北岛《纪念日》, in Bei Dao, *Unlock, poems by Bei Dao*, trans. by Eliot Weinberger and Iona Man - Cheong, New York, New Direction Publishing Corporation, 2000, p.52.

[2] Bei Dao, *Unlock, poems by Bei Dao*, p.70.

必须全力将所指从能指中解放出来。差延是前意义存在的永恒遣返。语言就是历史上相异性的织品。德里达认为，相异性由差延造成。差延是不断地推延、遣返，即词语的所有游戏、比喻、错搭。

德里达的雄心是书写提出说与想说问题的空间。他致力于无休止的推延，空泛所指的含义。和马拉美那样，德里达提醒不要忘记，能指与所指之间的差异再生感性和智性之间的差异。一个非空间—非时间的空。复调和复调主题相对于单一书写 / 阅读是一个进步。单一的书写和阅读是在极力抓住文本的主要含义不放。

北岛的书写，空的定义重新提出，它是缺席，标点、题目的取消，只是给诗编号，加一个破折号等，在题目和文本之间。图像和物体之间的文本差异消失，在那里，有着将来（欲望）、现在（完成）和过去（记忆）。

亨利 · 米肖则在 1945 年画出一幅作品《无名（胎形成人及之后）》[ *Sans titre*（*adulte fœtal et sa suite*）]。上面是几个似人似光影的模糊笔触，在有形与无形之间，在有意义和无意义之间。而这“之间”给诗书写的可能。必须深掘之，延展之，直到不可能，为了接近语言、主语、艺术实现的超越性。

诗人力图在自由诗的构建空间和音响空间创造音乐性。他在字或诗句中同时化出视觉的和听觉的空白。但早于北岛五十年的穆木天是第一个取消诗标点的中国新诗诗人，开始拒绝书写被标点化的革命。

句号不能止住
韵律的阵痛 ❶

北岛质疑概念的主导。在他的《回答》中，他宣布不相信天是蓝的和它的回声。他尝试一种散发性书写，想法源自马拉美和德国浪漫派［尤其是斯莱格尔 Frédéric Schlegel，1771—1829，《断章》(*Fragments*)］。后者反对将艺术绑架在概念性思辨上，不赞同内容或所指决定论，而更重视尝试断裂性写作。远在解构主义以前，断裂性写作的作家们强调语言的创造性。

浪漫主义的任务不是消除混沌，而是要制造混沌。马拉美的诗和德里达的解构于此是一脉。后者并不去控制语言的混沌，而是使之更有说服力。尼采是解构的先

---

❶ 北岛《目的地》, in Bei Dao, *Unlock, poems by Bei Dao*, p.68.

驱，他认为，真实是一个挤满比喻、借代的杂烩。结构主义的拥护者们凸显语言、哲学和文学现象中字的多异性。因此，马拉美和德里达认为，在语言中存在词义有意的滑移，能捕捉和捕捉不到的。海德格尔有一句话："谈话的语言在不断地拆解有关言说的可能性。"❶德里达说出感觉，不可能在已经形成的循环即交流形式层面阐述批评思想。解构主义极力显现晦涩、歧义、疑难、多义，即所有概念够不着的一切。在北岛、德里达和马拉美那里，写作的自由，对统一性和文本同一性的怀疑，导致主体定义的解构。主体是矛盾的、多重的，文本也是。文本的歧义多重性使所有对作者的单一企图变得不忍卒读。

在德里达尤其是马拉美看来，当下的含义是不可实现的。每一个符号滑向前意义和后意义。意义不可能在当下驻足，因为永远在作德里达所谓的"差延"运动。差延是可能的，当每一个当下导出自己向外，并在其自身保持往昔的因素而又挖掘它带有的未来因素。看往昔与未来的因素，德里达称之为"痕迹"。而痕迹使话语符

---

❶ Heidegger, *Acheminement vers la parole*, Trad. par Jean Beaufret…, Paris: Gallimard, 1976, p.90.

号的具体定义成为不可能。听北岛：

打开那本书
词已磨损，废墟
有着帝国的完整[1]

## 诗的第四层割裂：词义的裂口

给词语更多前意义可能是从词本身出发，而非拿各种新术语来轰炸诗和批评。术语无论新旧，都使诗立刻远离自由，抑制思想的力量。寻求新术语的极地以纠正诗的轨道，恐怕只会导致噩梦。

词义的裂变在差延的极端处产生。差延将词语约定俗成的意义化作灰烬，灰烬是绝对的、中性的，没有时间的痕迹，没有链条。是诗的智性展开的地带。

和马拉美一样，北岛的写作中，边缘、皱褶不断打破一统性的企图。任何语义不再闭合或相互模拟。写作

---

[1] 北岛《写作》, in Bei Dao, *Old Snow*, by Bonnie S. McDougall (Translator), Chen Maiping (Translator), New York City, New Directions Books, 1991, p.74.

自身含有擦抹的过程。马拉美在《关于一本书》中细致地阐述复调含义写作的想法。北岛与之一路：使写作“雄辩”，以此早就混沌打破定义。雄辩是召唤。取消标点是第一步，是写作更有召唤性。之后是词语裂痕的涌动。

每一个结束在字的裂变中，在那里，思想接近虚空。这一字词的裂变是双向的：一种外在的运动，中止既定的含义，更是一种向内的在“自我”之内而又被投掷于“我”之外的双向投掷。诗人登上午夜的旋梯以捕捉意义的消逝和前意义。北岛的诗始终向上，投向字词意义的超验性。他能走远吗？这取决于词义的差延和裂变程度。智性是这一超验性的决定因素，因为词义的裂变在不断的擦抹中产生，使得约定俗成的含义变成灰烬。灰烬是绝对的、中性的、无影无踪的，于是，它们向诗延伸。

北岛的诗让我们明白，何为在沙漠种植每一个词语，使之相互碰撞为纯诗。北岛的写作使诗学成为可能。

诗人进行一种灵魂的体验。它转瞬即逝，与其说是在诗人自身，不如说是在诗人自我的上下周边。只有当诗人变换状态时灵魂才会显现。诗人通过意向接近它，试图重新组合灵魂的原初面目，并偶尔接近它。“我”是一个有灵魂的自我。这是一个流动的、不曾确定的我在写作，希望在自我的迁徙中成为灵之魂。诗人对自己的回视，不是自传式的回顾，而是自我通过自己，对自己内外进行的沉思。一种主体性写作，自我接近智性。外在的世界只是“我”深入自己同时又与自己拉开距离的一个借口。一种深入事物和语言的准备。一个“我”和另一个，另一个“我”。史诗缺席了。写作成为自语。

与自我的亲近即是与绝对的亲近。但是，若把自己视为绝对，那就有爱自己甚于宇宙的危险了。北岛似乎也听到了苏格拉底的问句。后者在他的城市广场遇到一位向往好工作有权力的年轻人阿尔司边德（Alcibiade），苏格拉底问道：“是啊，这都可以理解。但是，你关心过你自己吗？”他似乎也听到新柏拉图学派哲学家亚历山大城的普罗提诺（Plotinus，205—270）的嘱咐：“不断地雕刻你自己的塑像吧。”[1] 人作为材料，在一群你我他这个那个等等中不断地分裂。在自我多重的分裂中流动的真实只留下模糊的记忆。自我的认知从此开始不完整的、

[1] Plotin, *Du Beau*, in *Ennéades* I, 6, 9 1, trad. fr. É. Bréhier, Paris: Les Belles Lettres, 1960, p.105.

总是重新再来的拼图。

诗人意在避免成为思想模式拼凑的偶像主体之一。而社会加工主体，赋予其各种角色和面具。过去延伸不断。自我被拴在谱系。它似乎没有任何其他角色，除了沉浸于疯狂：认同于历史的所有角色。诗人被分裂了，他试图与你我他说话，在不能自由言说一切的无个性的说话者和一个倾听者，倾听来自遥远的、向他喷射的话语之间。他被分裂了，在这“想说”中，在这隐含着言说的“启示”和意欲接近在诗中出现的那个自由言说的“我”。

和马拉美一样，北岛通过母语尝试新的写作经验。人们可以批评差延理论使句子变得贫瘠，成为一个个孤岛。但必须终止描述性机制，激发未曾有过的含义，给为人熟知的字词或陌生的词语带上特殊的含义。意义与含蓄、隐去和消失有关。诠释变得困难了，不可言说了，不确定了。真实昏厥了。它不再是知识的真实，而是一种尝试：触及写作底线，擦掉它、抹掉它、刺激它、穿透它、燃烧它、使之再生。

把写作变成眩晕以打破语言系统，即主流的语言，因为后者孕育的是牺牲。差延、萌芽、让主流话语缺席，这是北岛所言的“关键词”。诗人的“我”藉助写作向复数和相异性延伸，走向纯诗。

北岛抵抗黑格尔所言的绝对精神。精神作为超越个人的真实。社会的人民精神 *Volkgeist*，在那里个人被抽象为公共体。诗人拒绝这样的愉悦，宁愿消匿于自己的特殊空间或者遨游其间，但不是以个体身份消融在康德所言的总体之中。然而对于诗人，逃避天然与神话、哲学、道德、伦理和艺术相连的人民和政治社会团体整体是不可能的。

诗人不赞同系统性语言，后者为被用来使与之相异的一切消声。诗性的语言是差延本身，它提供连续的断裂、回合、多重含义、没有起点和终点的散播。它使单一的含义或一统性的含义颠簸起来。它可以颠簸未知抵抗既成系统（知识体系和国家体系）。诗人在书写中开始蜘蛛的工作：织网，耐性地、不断增生地。概念为控制欲服务。诗人决然不愿被控制、被左右，开始干活，和蜘蛛一样，以增生对抗概念。

书写的丰沃不规则性是诗人的事，那就是打破事先敲定的或显现的含义桎梏。他让纸页颤抖、痉挛悸动，一如马拉美在《音乐与文字》中所言，书写除其他可能外，帮助在“我们身上孵化所见和感应”。[1]这是一种散发性的文字，带着退隐、延伸、甚至目的、对体制的拒绝。

诗的断裂在词义的音乐性、差延和裂变这三层展开。听马拉美：

肯定，午夜在场。时间未逝于信号镜，亦未隐匿于帷幕。它以其虚空之音喻作布景。我想到午夜缺席，只有其金色装点宝石，一种丰富而无效的幸存，除了在一块首饰上，那海洋与星宿的复杂性流露出无限接连的偶然。

这一午夜的启示者，它却从不曾显示这样的预想，因为那是他创造的独一无二的时光；而留驻在外的星宿和海洋则与无限分离，彼此互为虚无，以便将其本质留给单一的时间，造就事物绝对的当下。

夜在时间的一个房间的视野里留存，那儿神秘的布景止住思想无边的颤动，其往复荡漾的光波断

[1] Mallarmé, *La Musique et les Lettres*, in *Œuvres complètes*, Gallimard, Paris, Pléïade, 1979, p.646.

片，而在同一时刻，光阴的流逝所居之原位（在变幻不定的极限下）在纯我梦寐以求的麻醉般静寂中纹丝不动；而其时间则消散于帷幕之间，渐弱的颤动在那里，在遗忘中留驻，以其光彩与帷幕相辅佐，如一缕枯萎的鬓发萦绕于客人那被神秘明晰了的脸庞，其眼睛与镜子截然不同，除了在场别无丝毫意义。[1]

诗不需要生长，有了根就够了。它不断分叉，诗在分叉中永恒。诗的自由就在写作的不可能中。写作的不可能使自由存在。而诗是不可能的，同样，文字永远没有完成，一直在重新开始。

话语的召唤性问诗人：何为？

诗人回答：生命，宇宙岩层的瞬间，瞬间的无尽断层。

[1] Mallarmé, *Igitur*, in *Œuvres complètes*, Gallimard, Paris, Pléïade, 1979, p.435.

## 第四章

# 诗的“空白”与诗人“隐去”

今天，诗仍然继续它的天性：在无限的多变中、在尚未被粉丝热爱之前闪现新的感受，之后转身离去。

这一新的感受，以诗的精神性感染，播种在五十年到八十年之间。

诗使语言保持活力、迫使语言更新，帮助语言从固定格式、语法规则中解脱。语言解脱不意味着和诗人一起转身，语言的灵性在诗的保护下，与世界若即若离。

近代以降，中国诗学莫名其妙地自觉接受西方文学批评潮流的影响。现代西方文学批评经历了外批评法（approcheexterne）、内批评法（approcheinterne）和总体批评法（approchetotalisante）三大类。内批评法以文本、主体性和语言为指向。外批评法的对象是历史社会、环境、泛文本。总体批评法重视影响、平行、接受三重视角和内外批评法部分。外批评法与总体批评法容易与中国批评视野相合，纯内批评法在诠释中国文本和语言上需要作特殊的努力。语言特殊，是因为中国文字的起源和非自然语言的性质，西方内批评法或可与之发生交错、相遇、对话而产生新的批评因素，或完全背道而驰，隔墙哑语。相互套用是徒劳的，除了有牙牙学语和假装学问的功能。

然而，在诗学的维度，无论语言如何特殊，都翻滚在语言之外和外在语言、在感觉与不可感觉、在开始与未开始、在写与非写不可、在语言的无所不在和能指的绝对空白之间。

马拉美的诗歌观念使近代西方诗学在内批评视角上走得很远。他一直被认作“晦涩”诗人。晦涩，对于中国诗，不陌生。中国诗正是需要特殊的角度从字和词以及之后的意思入手去读。阅读马拉美是有难度的。他创造出一种特殊的零度写作经验，将之变成一种导致约定俗成话语无能的能力。

可以将之称为对完美的极致追求。在马拉美看来，在语言的丰富性和实际上能留存的贫瘠部分之间存在巨大的距离。语言的丰富性被人贫瘠化了。“大地”有着极为丰富的含义。从古希腊的“匍匐于地”到天主教的“忍辱”，当人说“大地”时，通常不过是一个词。天和地如此不可涵盖，而人们在使用它们时含义又是如此的有限。因此要尽可能转化语言，不让它困于框框、口号之中，要让它流动起来。那么，最微妙的感觉是可以保存在词语中的。精神的活力必须不断地活跃在不期然的形式里，以对付硬皮症，在语言的无所不在和能指的绝对空白之间。

马拉美在构建“一本书”的理念下走向绝对。他要挖掘言语的根基。言语的根基是一个无底的深渊，虚无、难以确定的空间。创造就从这里开始。“我想进入自己的未被创造的、往昔的影子里，用思想剥去必然强加给我的伪装，栖居此类心中的伪装。”[1]“此类”在这里指人。这本书，具有裂变的力量，弃绝确定和饱满的含义，它始终在变动、互为关联的、静悄悄的运动之中。思想接近虚空，诗情不仅仅是内心的感情，而且是一种很奇怪的“外化”过程，一种在“我”之外而又被抛掷于“我”之内的外化。

---

[1] Mallarmé, *Igitur*, in *Œuvres complètes*, Gallimard, Paris, Pléïade, 1979, p.438.

书的空白，是诗留下的沉默。是词语之外思想的存在和发生的空间：

> 诗的智性骨架隐匿了，它存在、发生在隔开诗阙的空白和纸的空白间：有意义的空白不比写诗句的美逊色。❶

马拉美的空白有两个星座，一个为体验虚无的概念，另一个为纯粹的创造提供写作。他对诗的期待是，在知和永恒的未知之间，把一切散乱、浮动、未知的存在通过节奏组合起来。❷而这“节奏”，与通常意义上的音乐性节奏不在同一层面。那是词语撞击之中产生的不期然性，偶然性。“节奏”一词具有抽象的意义。诗人能做的，只是“其他事情……即一张纸上散乱的颤栗，不要推延不要悸动，在别的可能性上”。❸

---

❶ Mallarmé, *Sur Poe*, in *Œuvres complètes*, Gallimard, Paris, Pléïade, 1979, p.872.

❷ Mallarmé, *Solennité*, in *Œuvres complètes*, Gallimard, Paris, Pléïade, 1979, p.333.

❸ Mallarmé, *La musique et les lettres*, in *Œuvres complètes*, Gallimard, Paris, Pléïade, 1979, p.674.

文化是精神的生命。一切都无法逃避否定。否定的力量是绝对的。绝对有两个面目：一，它是不可抗拒的力量，取消任何有限性；二，任何保存新形式或变形的努力成为可能。马拉美试图凸显过程，并充当这一过程的观众。没有人是列席观众，人就在其中。马拉美的写作就从这里开始。文化是精神改变生存的一种努力，以此保护精神内核本质，付出的代价是部分地向道德性妥协。马拉美要抹去一切，重新开始。人不可能保存一切。必须有消失。这不是古董商淘旧家具，“过去”不是店铺，它经历不同的死亡。精神经历的生命与死亡越多，越丰富。

对于马拉美，精神就是创造一种“之后”而非曾经的力量。没有可能预先使生命成熟来对抗否定。话语开始，有多层含义留待言者和听者去填写。任何词语都不可能是断语。生命，死亡，美，罪行等。没有断语。这就是唯一有的维度，只为了言说生与幸存。

精神只有在自身进入绝对断裂时才有它的真实。精神孕育不断自新的形式。形式是生与死的短暂平衡。被死亡琢磨的生命仍然是生命。重新出现是为了重新消失。要保持这一精神状态，保持走向无的过程。那里有着绝对的断裂。

诗剧《于是》(*Igitur*)是马拉美许多很难读的作品之一。“*Igitur*”是剧中人物的名字。拉丁文，意思为“于是”，表示结果。诗剧透过否定体验思想、空缺、言语和死亡。空缺成为存在(在场)，虚无是唯一可以确认的存在。剧本中有一个词“neutralité”(中性)，也还是含义中性：与一切条件保持距离，给文本以意义。在写作中，诗人极力牵着词语不轻易过早纵之，直到思想被词语吞噬。诗是围绕着词语的赌注，通过体验否定的力量。缺席成为在场，虚无成为肯定。话语在“显现”隐去的“非显现”中存在。诗人和话语一样，离开他自己，在消失之中，在生与死同时共存的梦幻之间，在“存在”和“是”之间。诗的力量只在午夜，午夜是一个非常的时间，那里住着偶然和骰子。❶“午夜敲响了”❷，“这午夜召唤它无限的影子”❸，马拉美并不寻求天外。他寻求在消失/显现的运动中存在，在闪烁消失/显现之光的午夜存在。午夜，是消失/显现的真实，意识出入自我：

❶ Mallarmé, *Igitur*, in *Œuvres complètes*, Gallimard, Paris, Pléïade, 1979, p.435.

❷ 同上，p.434.

❸ 同上，p.435.

宇宙某一幕刚在那里。一切不再，只留下气息，话语的终结与手势会合——吹灭生存的气息，一切曾经在，靠着气息。[1]

人类起源直到腐朽的幻象
篝火中书写先于死亡
他和鹿攀登在群峰之上——[2]

如果生命始于诞生，一部作品的生命则是解构帝国的开始。在那里，灰烬是统治者。坟墓，灰烬。求助于死亡或缺席。化作灰烬为了词语的问世。气息幸存，在过去、现在和未来的空间。幸存者和气息既不完全属于生，亦不完全属于死。中性化的“坟墓—灰烬（没有感情，没有精神）”。[3]“于是”是活生生的灰烬，生动的灼伤。形式就在炙烤的行为中。诗人必须离去，才可能留下可见的踪迹。而诗是通过分离和独处以抵抗关联、关系、熟套和相似。

---

❶ Mallarmé, *Igitur*, in *Œuvres complètes*, Gallimard, Paris, Pléïade, p.434.

❷ 北岛《歧路行》，第 22 章。

❸ Mallarmé, *Igitur*, in *Œuvres complètes*, Gallimard, Paris, Pléïade.

无限终于逃避了家庭，它曾经受之磨难，古老的空间没有偶然。家庭有理由否定偶然，无限的生命，因为它曾经绝对过。[1]

要挖掘话语的根基，根基是深渊，生动的虚无，那里创造启动有节奏的走向。节奏在马拉美那里起着重要作用。

马拉美的“虚无”引出很多批评。萨特在《存在与虚无》（*L'Etre et le Néant*，1943）中说马拉美的虚无是一种绝对的自由，是积极的虚无。那是从存在的角度看，众多假设之一。马拉美留下的文字，对虚无的解释并不明晰。比较接近他“虚无”定义的，应该是“否定”一词，对虚无的否定。如果人类尚存，那是因为在这个世界上，“否定”象时钟一样地不断显现出来。“否定”如何行为？马拉美用“气息吹灭人的烛火”而留下灰烬来象征。否定在“存在”/“缺席”、“显现”/“消失”的疑难中实现。灰烬是否定的痕迹（trace）。灰烬是消解物化的泡沫。灰

[1] Mallarmé, *Igitur*, in *Œuvres complètes*, Gallimard, Paris, Pléïade.

烬也是浓厚的记忆。一种不走的时间，放弃时间的时间，抵抗历史波浪的时间。

光刺着，影子压抑。影子似乎是思想形成的地点。地点是灵魂。影子好像是光的血脉。光影掀起陌生化的强大幽灵。“吹生存的烛火”[1] 坟墓，祖先的乡土，几乎匿名，那里古老的眩晕杂陈。作品是一面巨大的镜子，变形发生之地，一种彻底的否定。在那里，诗人自见在消失的显现和显现的消失中存在 / 缺席。一切作品建立在拆解之上，在深度的冥暗中。午夜，一切确定从否定走出。这午夜的碎光[2] 创造的时刻，是思想涌现和照亮意义的时刻。字自“组合的无限偶然”中诞生。午夜是消失和即将显现之间的组合。

诗就在这碎光中，在思想的涌现和自“组合的无限偶然”诞生的字词之间，在呼和吸的缝隙、笔墨留白之间。

承受它们的纸面：撕碎的空白。

---

[1] Mallarmé, *Igitur*, in *Œuvres complètes*, Gallimard, Paris, Pléïade.

[2] 同上，p.435.

撕出不确定的众生。

——亨利·米肖《表意字在中国》[1]

书通过自身的运动繁殖下去，没有作者，无人称。诗人在书的压力下隐去。而事物即自然的真实也消失了。在这样的消解 / 消失里，自然通过言语转变成有节奏的运动，而这正是自然的消解。诗人呢，在言语中消失、完成消失，成为消失本身。[2] 诗人的消失是一种死亡，一种有助于作品在真正的言语中产生。作品离开作者，失去人格，不求读者接近。[3]

马拉美的《骰子一掷取消不了偶然》一诗意味着什么？他拒绝给作品确定性。偶然永远在。应该弃绝最不偶然的形式，即马拉美所说的"古诗"。骰子一掷，是未来的"书"。偶然使此书的形式有了意义。严谨的言语远离偶然。这并不意味马拉美文字是严谨的反面。他的作

[1] Henri Michaux, *Idéogrammes en Chine*, in *Œuvres complètes*, III, Paris, Gallimard, 2004, p.819.

[2] Mallarmé, *Quant au livre*, in *Œuvres complètes*, Gallimard, Paris, Pléïade, 1979, p.372.

[3] 同上。

品，字字都认识，串在一起则很难读。马拉美极为严谨地把确定性、最不偶然的意义排斥在诗之外。他的书写，一不小心，就会让读者在偶然的肯定和否定中迷失。

马拉美认为诗在可言与不可表述之间。听音乐，是面对不可言喻，[1] 面对纯粹，面对词语中诗。而真正的音乐，是词语。那不是器乐的音色，而是在关联之中产生的极度智性的话语。诗比音乐更音乐，不仅表达思想，更表达沉默，通过休止和断裂的空间。诗永远是自由的。

马拉美理念上的“自由诗”属于个性化写作。当然，自由诗从不曾阻碍诗的自由，而诗的自由却使话语不可能在作品之前存在。雨果（Victor Hugo，1802—1885）在他的《东方集》（*Les Orientales*）里说，他还不曾见艺术上有“公路图”，红绿色标出可能与不可能之间的疆界。[2]

诗要赋予“无”以生命，这一“无”从自身出现进入词语特性的散播和不同之中，在每一个词语的时空中。诗从虚无的时间出发，在自由中活跃虚无世界。思想总

[1] Mallarmé, *Quant au livre*, in *Œuvres complètes*, Gallimard, Paris, Pléïade, p.389.

[2] August Baron, Paris, Librairie polytechnique d'Aug. Decq, 1853, p.53.

是超前或延后，面对自己，掂量着巨大的自由。活着和思想是自由的存在瞄向的终极目标。

马拉美的诗剧《于是》（*Igitur*）勾勒出诗的空间：星宿、夜光和偶然。星宿是恒数，在那里，偶然被取消。星宿是规律和宇宙法则，夜光，将会被吹灭。“夜可以引发黑暗，它可以是最深沉的原因，可以制造黑暗，然而，他无法引发夜。引发夜，是引发黑暗的进程。夜，光的源泉、投射和祖先之气的平台。”马拉美赋予黑暗丰富的含义。黑暗在光亮消失之处。

诗人掀开词语的帘子。智性上场。绝对在一切之外，因为它就在永恒之中。诗在绝对中运行，在所有关系之外，在文字之外，在时间和光之外。当诗人拒绝永恒，绝对就在其外。拒绝永恒，意味着确定时间。确定时间，绝对就被排除。而午夜光源，虽不直接，是诗的繁殖力。

无限告诉偶然，若言文学的价值依赖关系，那是把诗放入世界的罗网阉割它。关系是诗的敌人，它网罗一切，以最美好的名义。能逃脱这世界罗网的，只有死亡和偶然，偶尔，还可能是诗。无限不受偶然的控制。投入无限，所有被数学弄得精疲力竭的人们进入终结。无限本身被抛掷，重新开始。诗被抛掷到绝对，结束于无限，也意味着不会结束。

诗在话语和手势之外，在一个没有剧情的剧场。剧情将会随着午夜来临。理性是序幕。午夜，虚无的一缕光，一个一切空缺的剧场，只有词语，或许。书写在说话，书写，导向剧情的过道，却没有剧情发生，因为在微光里，一切都是消失。介入行为是时间。诗人在绝对中，绝对让他得以不在时间上注册，不在关系里挂网，而后者是数字思维意义上的计算。然而，无限，它的组合是掷向自己的骰子。创造力在这言语和动作的抽象中、在未开始和开始之间苏醒。诗远离洞察，洞察是琢磨玉器和钟表匠的本能。诗与信仰不在一个维度。当人言与仰望的心态交织，宗教信仰与意识形态孪生出姐妹。

一切不复存在。只有气息。言语和动作一起结束，只有气息留存。当它吹生存的蜡烛，意义不再：链条、来源、起点确定的意义。一切变得模糊。光亮消失。言语是一个剧场，在那里，只有唯一的存在，这就是含义所堆积的灰烬，而唯一出场的人物是偶然。

受马拉美的影响，在德里达的思考中，差延成为关键词，也成为他一部论著的标题。差延意味着质疑观念的一统。这一思考可以上溯到德国浪漫主义，尤其是斯莱格尔的《断章》。德国浪漫派不赞同艺术与观念思想相扣。他们反对确定含义的统治，推崇断裂式写作，表述和显像。

法国哲学家利奥塔（Jean-François Lyotard，1924—1998）是柏拉图时代诡辩的继承人。诡辩派认为没有真实，观念是无用的，不确定的。（这一点与马拉美和德里达接近）只有协约（convention），话语的类型和语言游戏。因此，有必要为思想重新定义语言和真实之间的关系。诡辩家们自认为是语言游戏的大师。他们敏感，开放，是感情和感觉的维护者。利奥塔认为，感性与明理（sensé）之间距离很大。人可以说："树是绿的。"但这句话本身没有颜色。1971年出版的《话语·象》（*Discours, figure*）是利奥塔的博士论文，他在书中写道："我们所无法述说的，就是，要述某事，必须将此事与我们拉开距离，因为它与我们不同。"所以，在述说中隐藏着无述说。这点和马拉美诗学相同。利奥塔反对结构主义涵盖一切的倾向。企图在一种关系体系内部，在对立网中解决一切外在性，对于利奥塔，这是专制逻辑。当无述说出现在话语中时，有象—图，象—形和母型存在。（这点他与德里达不同。在德里达那里，不存在母型问题。一切都是无始无终的差延。）艺术的产生不是知识话语，而是移动、凝结、破规。如比喻和借喻。利奥塔举例说明象的含义。象一图，如毕加索（Pablo Picasso，1881—1973）的女人画，有几个维度（与马拉美的诗类似）。象一形，是梦态中的力量穿越，如中国张旭（675—750）的酒中狂草。象母型：一种离奇的象，穿越一切空间却不显现，只是被欲望激活，被“生产”之前的能量激活。利奥塔认为，文学和绘画的表现力不在和谐之中，而在词语或线条和价值开放的自由的空间。只有在这样的空间，“真实”才会显现。❶

利奥塔认为，现代时代已经结束。因为知识性话语和行为比如语言游戏已经不再有原以为带有的普世性。这些话语导致历史上的灾难。每一个个体发现自己的存在并在不同的表述中言说着。人们不再接受对叙述作预先定价。所有打上普世话语的言说都是谎言。意识形态缺席，面对公共舆论，作者面对着相互毫无关联的多重理论。他要选择语言使用和功能的公共规则，论述言语

❶ 参阅利奥塔（Jean-Franço is Lyotard），*La Condition postmoderne. Rapport sur le savoir*，Paris，Minuit，1979；《后现代状况：关于知识的报告》，岛子译，长沙：湖南美术出版社，1996。

中差延的多样性。这一点与马拉美和德里达一致。所有的话语是差延即冲突的牺牲品。差延会制造的伤痕：痉挛、惊悚、静默。这样的中断，差延中运行的句子，是在忍受折磨。

> 汉语具备这种能力：到处，它为人们提供独创的机会。每个词散发一种诱惑。❶

要倾听不同的声音，它使自信的思想受到震撼。意义的多重性不是四平八稳的，是不同话语不同机制和形式之间的冲突。利奥塔认为，名相的运作犹如钉子，上面挂着无数装扮真实的衣服。句子之间有着空白和或缺。而这种顿挫（中断、切割和悬置）把时间变成喜忧等相对立的情绪交替。正是后现代主义时代导致的这种顿挫/创伤使我们进入特殊时纪元，一切都是可能的而事实上没有任何的可能。

显现，但不定义，句子具有颤动的个性。一切含义

❶ Henri Michaux, *Idéogrammes en Chine*, in *Œuvres complètes*, III, Paris, Gallimard, 2004, p.845.

都在形成中，然而能指已经形成。诗人在诗句里刻入空缺，一种“沉默”，一种不可言喻性，一种昏厥，一个无数的空间。这是一个纯有能指而无含义的延续。在那里，有隔绝、分离、跳闸、取消、远离。一种处于关联之外的思想，开向中断，因为所有的思想是思想之一，思想的一个显像，思和想之间没有交流，没有关联，但充满痕迹和符号，沉默开始成形。

马拉美苦于词意和语言力量的丧失，将诗的写作放在与日常生活中的消息性语言截然不同的生成性语言维度。诗人警觉的是三种对立：召唤性语言和消息性语言，表现性语言和日常话语、生成性语言和约定俗成的语言。

法国诗人贝罗贝（Jean Pérol，1932—）总结马拉美诗学：

> 诗的语言历来是一扇多少向无意识开放的门户，虽然它对无意识并不十分清楚。在诗最成功的瞬间总有一个“我说”和“它说”交相辉映，由此产生的力量及它在社会起源中与宗教的联系。如今，很明显，诗有两种语言：理性语言和非理性语言。有时诗人掌握话语，有时话语支配诗人；有时是诗人使用话语，

而有时又是话语在使唤诗人。[1]

中国新诗在1917年进入文学的地平线至今，一直是诗学最活跃的地带。发生在法国的诗学或直接或经过日本转场到中国，诱发长久的震动。象征主义的纯诗和美学观念、超现实主义艺术运动关于生命流的感应为中国新诗学的产生提供沃土[2]。法国文学批评家米修（Guy Michaud，1911—2006）问道：魏尔伦的颓丧，拉福格（Jules Laforgue，1860—1887）的悲喜剧式的抽噎、马拉美的纤微与神秘、雷尼埃（Henri de Régnier，1864—1936）忧伤的高雅、沙曼（Albert Samain，1858—1900）金色的梦、凡尔哈伦的欢乐颂、克罗岱尔的宗教赞，还有比我们这个没落的19世纪的诗歌更丰富多样的吗？[3]

---

❶ 参见 Jean Pérol《法国当代诗歌的面貌》（*Aspects de la poésie française contemporaine*），《外国文学动态》，1983年第9期，第15—26页。

❷ 1924年，法国诗人布勒东（André Breton，1896—1966）发表《超现实主义宣言》（*Manifeste du surréaliste*），标志文学史上超现实主义运动的开始。代表作品有保罗·艾吕雅（Paul Eluard，1895—1952）诗集《痛苦的首都》，1926，《沉默的过失》，1926；阿拉贡（Aragon，1897—1982）的长篇寓言小说《巴黎的农民》（*Lepaysande Paris*），1926；布勒东《可溶解的鱼》，1924.

❸ Guy Michaud, *Message poétique du symbolisme*，Paris, Nizet, 1968, p.15.

马拉美，语言深处的探险者，走得最远，至少直到今天，尤其在诗学和话语的创造性上。诗学的思辨，无论欧洲还是中国，都至今未出马拉美的思路。

1920 年以来中国的新诗好运，历史性地汇合了 20 世纪的诗学翻滚。诗学经历四个层面的革命：诗的观念、诗的韵律、诗的语言和诗人。

当诗人在写作中前行，渐渐地，语言的问题变得越来越不明朗了。确实，如何分析不同文化的诗人，从线性时间过渡到循环时间，而不会仅仅作些幼稚的或者粗鲁的结论？如何叩问天使的堕落与原罪，而同时面对死后趋向欢乐的再生？如何琢磨死亡机制？如何参照两种眩晕：不可思议与微妙的眩晕和道家“有无”的眩晕？波德莱尔的魔鬼和中国文学中有创造性的神灵是如何转化成无以把握、无处不在的相互作用的神力？基督教的干涉性上帝和毫无显相的上帝，和众生灵中不露面的上天，一个孔子所言的“不语”的上天，两者是如何面对的？制造马拉美或波德莱尔咒语般的“精微”和诗人语言与语法层面的“叛逆”？处于这两岸的诗人如何表述？这是否是颓废的极端孤寂主义的幻想？

这只是诗人问题的一二。

唐代的鸟窠禅师似乎在听我们的问：

来时无迹去无踪，
去与来时事一同。
何须更问浮生事，
只此浮生是梦中。[1]

诗人的结构意识是在何时产生的？之前？之后？抑或根本就没有？

诗人不会忘记，不同渊源的书写，其语言和话语结构至关重要。语言问题使诗人处于中国语言和其他语言的两难之中。而诗人本能地处于语言的某种支配之下。

诗是直觉的，没有时间和演变，在追求整体和永恒的“在路上”之间，试图在诗的语言和诗的对象难以捕捉的神秘超验性之间建立一座桥梁。这座桥梁，是“语流”一种偶然，语言的呼吸。至于未来的记忆里是否有它的位置，不是它关心的。它更不会希冀高压和时代的神经给予生存的理由。它是任性的，超越的，不受规则

[1] 鸟窠禅师（735—833）。

的，除非宇宙法则。诗会死亡吗？如果最后一个读者死去，诗是否就不复存在？

对于诗，边缘化不过是职业批评者的假论题。诗人听到了马拉美的呼喊：

隐去诗人的措辞，将创造性还给词语本身。[1]

今晚，仿佛
星空变宽，
迎向我们；夜
在星火的后面，不再那么黑暗。

树叶在树叶下闪烁，
绿色加深，还有成熟果子的橙色，
近处一盏天使的灯；跳动
的暗光占领全部树枝。

今晚，仿佛

[1] Mallarmé, in *Œuvres complètes*, Gallimard, Paris, Pléïadc, 1979, p.366.

我们走进花园，天使

关上了所有园门，不再回来。[1]

---

[1] Yves Bonnefoy，*L'été de nuit*，in *Pierre écrite*，Paris，Mercure de France，1965；in *Ciyu de youhuo he zhenshi*《词语的诱惑和真实》，陈力川译，南京：译林出版社，2019，第 5 页。

## 第五章

# 诗学的悖论

诗，在火苗和永恒的断裂所组成的火焰之间。

吠陀哲学家问：何为永恒？

吠陀哲学家回复：火苗与火苗独存，之间没有因果。这火苗们无尽的、本在的断裂是永恒。

历史进入现代，诗学被消解了。当乌托邦、自以为是的科学主义和疯狂的“新人类”实践相遇，举世唯物，“诗学”，一个深渊，无尽，无力，无须。它的命运是加入大合唱吗？是透明准确吗？是跟在诗行的后面捡拾唾沫吗？是拉开架势演绎人间逻辑吗？是罗织关键词作惊人之态吗？是深耕细作祖先的文字甘为孺子牛吗？是热望明天被今天牵住鼻息吗？是以隐去的名义任生命的烛火渐渐自灭吗？是携孤独以听上帝之音吗？是躲避无以体验一切吗？那与人本在的神秘、可见与不可见之间的交感、那精神的任性、那具象世界的抽象对灵魂的诱惑、那无限断裂的火燃起的烛光显现的永恒、那穿越宇宙和色界微细生命之间的灵妙、那开始与未开始之间的生命气息到哪里去了？

在生死之间？加缪在哲学思辨中引入古希腊神话故事西西弗推巨石。西西弗曾是国王，试图绑架死神以消除死亡，触犯天上众神，被罚推巨石上山顶，近山顶时翻滚下山，如此永无休止，生命在重复无望的劳作中耗尽。

诗人一旦问世，和凡人一样，推着命运的巨石，无休止地受着生存圆的轮转，死亡能拯救他吗？在天赋权利和天定之间，诗人无可奈何。在奴性的天然和生命问世之间，诗可以选择吗？诗能够从生存的重力中解脱吗？它任意徘徊于生存圆中，能顺从天性又走向内在的极致吗？它只要热情和灵感就足够了吗？有了丰厚的生存圆触点的烙印就获得了刺激和创作的灵感了吗？在感觉与不可感觉之间，感觉是否是诗的唯一支柱？把拯救散文世界作为使命的诗，其生命力和创造力还会在吗？再现和模仿，诗还梦想成为生存圆中最后一个不被生存规范、用诗的焦灼烧掉约定俗成线条的生灵吗？它能从火焰中走出不被火苗吞噬吗？从无到有的生存走向，可以因为诗，反向，从布满生存触点的痕迹斑斑飘出，向生存圆外的无限投去诗的目光吗？在知和永恒的未知之间，唯有偶然和死亡能诗吗？

在存在与不存在之间。在可言与不可表述之间。怎样的矛盾！诗人体验书写，作为表述的可能性，并通过书写征服这一含有控制性语言的可能性。

熊秉明说，世界是一个圆，上帝是另一个圆，悬在天上。西方文化里，上帝的圆很大，生存的圆被打上了括号，很小。中国文化里，生存的圆很大，上帝的圆被打上了括号。

括号之外又在括号之内，诗，可能吗？游移在未来、往昔、现在、想象的真实和真实的想象，人的第一生命和第二生命之间，创造在未然中铸就已然？感受的我与诗人的我还处于符号的两边吗？可言世界的有限何以捕捉感应的不可表述性？

诗问：从话语破茧出无可话语，可能吗？

诗学对诗说：你是箭，我是弓。

诗：宇宙的话语，是箭，非射未知。箭从不问落点。懂吗？

落点：那可言和不可言之间，你穿越过吗？

诗人：我永远地问，在拉弓的刹那。

在疯子与诗人之间。

1855 年 1 月 26 日清晨，巴黎市中心的夏德来广场旁侧的古灯街一个铁栅栏上，发现诗人奈瓦尔（Gérard de Nerval，1808—1855）已经没有了呼吸。是自杀还是被人吊死？至今是谜。[1]奈瓦尔自 1841 年开始往来于疯狂和常人之间，在疯狂的间隙写诗。1840 年，他在一张照片上写下："我是另一个（Je suis l'autre）。"开启自我主体性的分裂。那是疯狂在诗中的延续还是诗继续疯狂？诗人被一个问题缠绕：灵魂有双重性吗？梦幻与现实的关系是什么？生存与精神是天然对立吗？诗和梦疯狂是精神游离的理由吗？实时的、晦涩的、直觉和幻象使奈瓦尔的诗为多变的现代性批评提供了丰富的土壤。

分裂而多重维度的循环，裂变而不断失衡之间的平

---

[1] 他二十岁翻译歌德（Goethe）的《浮士德》（*Faust*）第一部。作品有诗《梦幻》（*Les Chimères*，1854）和诗小说《绿魔》（*Le Monstre vert*，1849），《东方之旅》（*Voyageen Orient*，1851），《西尔维娅》（*Sylvie*，1853），《火的女儿》（*Filles du feu*，1854），《奥莱莉雅或梦与生命》（*Aurélia ou le Rêve et la Vie*，1855），《亡者之舞》（*La Danse de smorts*，1855）。

衡，是奈瓦尔诗的呼吸。他在诗的一体和分裂中体验精神、梦幻，竭力冲破生存划定的社会人圈子，寻找不可见的、不可界定的“之外”。

疯狂对诗说：我要冲出生存圈，去美和真理那边，哪怕不知回返，你只是从生存圈探出脑袋，自由往来于生存圈内外。

诗回答：你足够疯狂，我尽管诗，都是创造的灵魂，冲破罗网就满足了吗？美和真理是你的终极吗？

疯狂笑了：真理不会使你富有，但会使你自由，古罗马塞内加（Lucius Annaeus Seneca，前 4—65）的哲学是我的同谋。

在午夜一切消失和再生之间。

我做什么了？曾经打破神奇宇宙的和谐，在那里，我的灵魂汲取一种不朽之在的确定。我可能因为对抗神规穿透奇妙的神秘而被诅咒；我只能够期待愤怒和蔑视！受到刺激的黑暗逃亡，发出呼喊，并在空中留下之名的圆圈，一如鸟儿在风暴来临之前那样。

——奈瓦尔《奥莱莉雅或梦与生命》[1]

（*Aurélia ou le Rêve et la Vie*，1855）

奈瓦尔的夜，重新组合、压缩和编程的时间，诗人“敲开午夜之门”[2]，尽力体验其间无数微妙的闪现，尽管知道表述的不可能。

地点是灵魂。午夜是一切出生之地。诗人说：“我创造了黑夜使人们幸免于难。”[3]

诗学关注的就是这消失和再生如何在诗中显现。让语言生命力延续，诗有这样的自信吗？让感觉超越到宇宙和生命浑然的维度，诗人有这样的疯狂吗？

一切作品，只能在消解中构建。热奈特（Gérard Genette，1930—2018）在《辞格 II》的第二章第六节“日，夜”中对“午夜”一词，作过一个分析。他认为，法语“nuit”（午夜），元音 u 代表白天，元音 i 代表晚间。代表晚间的尖元音 i 让人联想到光的迫临。而浊元音 u 则让人联想到幽暗。

---

[1] Gérard de Nerval, *Aurélia ou le Rêve et la Vie*，Paris, Pocket, 1994, p.200.

[2] 北岛《安魂曲给珊珊》。

[3] 翟永明《世界》。

面对这断层式分析，诗人问：那连接元音u（白天）和元音i（晚间）的午夜是明亮后的断裂？抑或是断裂后的明亮？是玄色的光？是亮色的幽暗？

在逻辑与无可话语之间。

古希腊神话中，卡德摩斯（Cadmos）出去寻找被宙斯带走的妹妹欧罗巴，途中战胜巨龙，把龙牙种在地里，日后长出斗士。

然而，诗和语言不打仗，只是挑战语言秩序，“错位”[1]话语。它要播下某粒种子，发酵词语，在结构逻辑与无可言语之间拉大空间。而诗的话语与思辨性概念两者间的距离可以丈量吗？

诗要回复到概念性语言以前的状态，这是对语言最大的折磨。如何与认知性思辨反向，在超越性念头和感觉无可言语之间滚动微妙的皱褶？诗对交流性的话语无动于衷，它梦想一种思辨的、纯粹的、远离实用性的语言。是依靠准确语法的话语还是依靠语义、揭示事物“形而上”含义的文之言？字母世界的思想在“话语”（*logique*）上运作，亚里士多德的话语逻辑，中国思

---

[1] 于坚《拒绝隐喻》，昆明：云南人民出版社，2004。

想在“文”（*grammatique*）上创造相遇的可能，以另一种方式运行，一种“表意性”逻辑。对于诗，它们都是可能。中国新诗将白话的逻辑与“文”的逻辑创造性地结合，表意在话语中柔软伸延，话语在文的表意中得以抽象、思辨和延续。诗人对诗说：你是最革命分子。

美学维度是中国诗的精髓。当话语与文的逻辑相遇，诗在思想，无须特殊的哲学体裁，无可话语。逻辑和无可话语之间是诗的哲学吗？

诗属于人类吗？语言缺席，诗是否还有存在的理由？

在模仿和神游之间。诗在模仿吗？是柏拉图的理性对真实的投影之投影？是亚里士多德现实世界的模仿？是“灵感”的迷狂？是天生之才的人性智慧？是使人陷入低劣状态的情感？是从快感中激发人性的美好？是在神灵的天助下追求纯粹的美感？是模仿？是纯粹？

诗笑了：我们曾是光团，往来宇宙间。

光束是我们的语言
宇宙黑谷
太阳

我们第一次结识的地方
星星闪入遥远
别这么快，诗喊道
咱们一起前行

星星微笑：
你已经肉身
地球的水草
带走透明和飞翔

神游被地球的水草化作线条，透明不再。真实和模仿占领太阳系的话语。人类从此做飞鸟的梦。

柏拉图愤怒了：绝对理性！平静人类！

诗人：平静只是人间禅坐的副作用。拉开呼和吸之间的空白吧，尽可能无限地，尽管生生世世。

生死，一个皱褶，海的水滴。空白把时间化入宇宙的呼吸，诗的灵魂还会在人间逻辑神游吗？

在貌求和理应之间。古希腊的河神刻菲索斯（Céphise）娶了河莲女神利里俄珀（Liriopé），生下纳喀索斯（Narcissus）。纳喀索斯的父母依照神示："不可使他看见自己”，极力避免孩子照镜子。纳喀索斯长大了，去林中打猎，在湖边弯腰喝水，河面出现一对明亮的眼睛，水中的神女在看他。他爱上了，伸手去拥抱爱，手触到水，女神消失。嘴一触水，水化作波纹。他躺下，闭上了眼睛。

几千年间，水仙纳喀索斯在诗人奥利维（Ovide，前48—18）的《变形记》（*Métamorphoses*，第三卷）和瓦雷里（Paul Valéry，1871—1945）的《水仙辞》（*Narcissis parle*）里借魂。水仙神依旧皈依诗。

水仙说：拒绝理应，接受荒谬。

诗人问：貌求和理应之间只有荒谬吗？

在创造与不可创造之间。人在被依照神的模型创造（《创世纪》）出来的时候，天性里被揉进了创造的可能吗？

当远古苏美尔的恩利尔（Enlil）神决意用洪水毁灭人类的时候，当“希望”唯一地再次被潘多拉之盒覆盖，诗挺身而出了。人类明白了：只要人类还在，诗就是人天性创造的可能。创造使不可创造变得可能了，尽管创造的终极是不可能。由神造的、依从因果律而构成的，或依因缘和合的相应律诞生的人类，他能以微尘的漂浮去深入宇宙吗？宇宙的无限，诗在人的维度可以穿越吗？

超自然的灵感激发《圣经》的信仰文字，语言变得碍手碍脚了，它不完美，因为人类，人要破碎解构它，以找到上帝的启示。这是写作和诗学的使命吗？当人从语言——思想的母体——伸延，超越而不砸破、“述而不作”、在思想中巧妙幻化而非重复以为独特的新意，文字的启示性苏醒了，接宇宙之气而来的惊异的独创性而非个人灵感将不可捕捉的、不可言的一切，与互文的、“微言大义”的微妙切合。

书写每一个生命的故事——尽管微妙的差异和精细的感悟——是创造吗？诗“神韵”客观世界可能吗？宇宙的无限可以被“客观世界”和“内在世界”作两元的抽象吗？

阿西娜说，我的名字是母亲，智性之母。感觉太被动。

瓦雷里问：热情和灵感就够了吗？

天神们优雅地赐予我们最初的诗句；是我们去接手铸造，与之合拍，必须配得上那些神句。为了与神赐的

诗句相配，所有的经历与精神资源都不为过。❶

在宽恕与不可宽恕之间。公元前 278 年诗人屈原投江。

两千多年后的巴黎。1970 年 4 月 19 日晚到 20 日晨之间，保罗 · 策兰跃入塞纳河，可能是从米拉波桥上。5 月 1 日在河下游被发现。是早年父母死于纳粹集中营或他在集中营受强迫劳动的记忆？是在竭力抗拒德国哲学家阿多诺（Theodor W.Adorno，1903—1969）的断言“奥斯维辛后写诗是野蛮的，不可能的”❷而又最终放弃？是他对自己的背叛？是诗人对世界的愤怒？是《死亡赋格》（*Todesfuge*，1945）抛洒《罂粟与回忆》（*Mohnund Gedächtnis*，1952）而将诗汇合《骨灰罐里倒出来的沙》（*Der Sand aus den Urnen*，1948）？

一只被灰烬覆盖的鸟，

❶ Paul Valéry, *Au Sujet d'Adonis*（1921）,*Variété*（1924），*Œuvres*, Paris, Gallimard, t.1, p.482.

❷ Theodor W.Adorno, *Prismes, Critique de la culture et société*,（1955），trad. Geneviève et Rainer Rochlitz, Payot, 1986, P.26.

穿越死亡而学会了飞翔[1]

是拒绝与集中营的语言妥协？宁可中断生命、哑言而埋葬诗？他生存的语言是人间黑暗留给他的一丝阳光：诗，唯一活着的理由。而用使他经历极度苦难的语言写诗，每一个瞬间的感受，每一个微细的思维皱褶，每一个字，都在阻断他的呼吸，让他滴血，推他回到不堪的记忆，尽管已是灰烬。灵魂分裂其中。书写只在生存之间那里才有意义。诗是他的生命，而这生命，始终因为语言，活在另一个奥斯维辛。人间还有比这更无边的悖论吗？

诗愈来愈急促，愈来愈破碎，愈来愈断裂，词义愈来愈晦涩，愈来愈不透明，愈来愈远，愈来愈不知所云。策兰是在极度挖掘每一个词吗？抑或在竭力少用人间的语言以躲避记忆的波浪？

诗可以宽恕不可宽恕的吗？当代哲学家冉克·雷维

---

[1]《时间与门坎：序》，in《保罗·策兰全集》第三卷《从门坎到门坎》，孟明译，2021，第 7 页。*Einaschenbeschneites Gevögel*，*Das flügge ward durch den Tod*. Le texte en allemand，*in Paul Celan quanji*《保罗·策兰全集》第三卷，孟明译，2021，第 222 页。

（Vladimir Jankelevitch，1903—1985）写道："宽恕在死亡的田野里死了。"不可宽恕性在宽恕不再具有意义之时，即人性尺度被强奸，宽恕随着受害人的死去而死去。德里达继续伸延：是的，宽恕已经死去，因为死者不再。这是条件宽恕，通常以为的可能的宽恕。但是，宽恕在变得不可能的时候恰恰成为可能，也就是在通常意义上变为不可能时，宽恕才具有它真正的意义：宽恕不可宽恕的。宽恕的真正意义在于无条件的，反常的，纯粹的，无目的的。这不也是条件吗？在这些条件下的宽恕本身又是不可能的。宽恕只能是受害者的权利。可是受害的死者永远缺席了。谁有权利以死者的名义宽恕呢？[1] 宽恕和不可宽恕之间唯一的可能是死亡。

策兰走了，为了诗，拒绝人间留给他的唯一财富——语言，不接受生灵的分裂，弃绝与诗的对话，切断和神秘的相遇，不与曾经的苦难妥协，直沉水底继续倾听，却永远不再让久远的声音冒出，哪怕一个词。

宽恕的不可宽恕性成为可能。

---

[1] 参见 Jacques Derrida，*Le siècle et le pardon*，in *Débat*，décembre 1999，［法］金丝燕译，《世纪与宽恕》，《跨文化对话》，上海：上海文化出版社，2000，第 4 辑，第 10—23 页；第 5 辑，第 25—31 页。

在上帝给的第一句诗和庙宇之间。上帝给诗人讲一个故事：人不满足做飞翔的梦，他要建巴别塔上天。上帝我不愿意，撒下许多语言，人类随意抓取，不再协力建造巴别塔。上天的路就此中断。

诗人说：人的精华是语言。他建话语的庙宇，以连接宇宙间的无数节点。

观念对诗说：你是在我的支配下完成的。感觉是我的创造。

诗：我折射光，但不留痕迹。

历史递上一杯咖啡
庙宇你可有颜色

人间的逻辑
不是我的关注
庙宇
仅仅瞬间

在你的灵魂后面
我看到它的魂群

一个一个
苏格拉底的注视
被这气息
笼罩激动铸炼[1]

“天神们优雅地赐予我们最初的诗句”[2]，瓦雷里喊道。当诗人醒来，它或许降临，但无以期待。

诗人，热情和灵感就够了吗？你的智性可以继续上帝第一句诗的庙宇吗？

古希腊人的阅读是听和讲，口传性叙述。诗歌则为朋友和情人诵读。说唱文学面对这样的听众，它首先必须遵循的是能够让社会理解的透明度。透明度是群体叙述的前提。个人的表述权利不存在了。当诗被作为教育，便成为非暴力形式的暴力；群体大合唱的借口。一切为理想国服务，个人的身份、人称是多余的。

公元前 4 世纪的柏拉图，在《共和国》一书中想象一个由哲学引导的理想社会。“共和国”的卫士们行使教

---

❶ [ 法 ] 金丝燕《庙宇瞬间》。

❷ Paul Valéry,《*Au Sujet d'Adonis*》(1921), *Variété* (1924), *Œuvres*, Paris, Gallimard, t. 1, p.482.

育家的职责。《共和国》第二章以埃尔的神话结束。那时我九岁，“文革”初始，门窗紧闭的屋里，在父亲晚间剧场听到的第一个神话，共和国的。战士死于战场，几天后返回人间，讲述他在那边所见：审判官们分配判决，或惩罚或嘉奖，以千年为期限。所有的灵魂依次选择自己下一生的趣向，选定后不可能反悔。神灵也无能为力。为了作出选择，每一个灵魂必须和它的记忆和解，其和解程度取决于其喝忘河水的量。喝此河水是灵魂复活的前提。一个绝无仅有的自我创造的故事。

苏格拉底回复对话者阿第曼图：

> 阿第曼图，思考一下我们的卫士们卫者是否应该是模仿者？❶

建于公元前288年的埃及亚历山大图书馆，最多时有藏书四十万册。当它启动当时博识的馆员们对古典藏书进行翻译和注疏时，并不知道自此开启了默读和个人

---

❶ Platon, *Œuvres complètes, La République,* livres I- III, Paris, Les Belles Lettres, 2012, p.105.

写作的历史。这群知识分子中有希腊诗人卡利马科斯（Callimaque de Cyrène，305—240），为藏书作出世界上最早的目录，一百二十卷的《知识各科学者及其作品录》（*Tables despersonnalités dans chaque branche du savoir et liste de leurs écrits*），内容包括分类、介绍、引述、评论。思想用无声的符号来传达，无声的言说形式出现了。叙述者不再把声音投掷在话语，群体性口述被主体性的“我”取代，“我”在注疏，在叙述。

现代汉语保留了带有群体意义的“我”而弃绝一个同样悠久的更个体化的“吾”。是群体意识？是语言意识？是文化的一种心态？

在我和最陌生的我之间。

1563年8月18日，拉·伯艾斯（Etienne de La Boétie，1530—1563）[1]在病了十天之后死去，死因不明。三十三岁。他是蒙田（Montaigne，1533—1592）的密友，法国16世纪人道主义者，作家，十八岁即撰写《论自愿为奴》（*Discours de la servitude volontaire*，去世后于1576出版）一书，揭露政治权力的滥用，提出政治权力对于人

[1] 法国作家，政治家，思想家，蒙田唯一的知己。

民的合法性问题和人民屈从权力的原因。在任波尔多议会议员期间结识比他小三岁的蒙田。两人之间的友谊，用蒙田的话说，三个世纪才会有一次。拉·伯艾斯的死，使蒙田失去唯一的对话者。蒙田陷入了精神危机：自我是那么不可捕捉。这个“我”是谁呢？面对自己的目光，自我是一片混沌无常的幻象[1]。

他的视角转向内心。封笔七年。一天，他听到内心那个遥远又极为亲近的声音，明白了可以对话的是好友，更是自己。于是重新握笔，对自己说：“就成为你自己的人群吧。”《随笔》的“蒙田”诞生了。他在自己的书房刻下这个日子并用家传的领地“蒙田”作为自己的笔名。于是四分之一世纪里，《随笔》是他的呼吸。

那个陌生人，有学者认为是逝去的拉·伯艾斯[2]。更可能是他自己的另一群“我”。文学由叙述他者的故事转变成写自己，那一群无以把握、变幻莫测的我。文学的主体性问世。而当自我深入到自己的宇宙，发现那是一

---

[1] 贺拉斯·恩格道尔（Horace Engdahl），瑞典学院院士，1999 年起任瑞典学院常务秘书。引自贺拉斯·恩格道尔于 2000 年 11 月 18 日在巴黎法国国家图书馆的讲演《一种世界文学观念》。

[2] Pierre Leschemelle, *Montaigne*, Paris, Iago, 1991, p.57.

个如此不可捉摸的混沌。

罗丹 (Auguste Rodin, 1840—1917) “开放的作品” (翁贝托 · 艾科 Umberto Eco，1932—2016)，未完成的作品雕塑，揭示宇宙断片的显露和不可见的无限。大比例的混沌和几笔精细线条的偶尔显现。比例极大的失衡，正是宇宙与生命的关系，诗就是这样，语言显现现象世界几笔精妙，而不可见的无边混沌如何显现？它真的想显现吗？它需要被明白吗？被知晓吗？

两千多年前，庄子写道：

> 南海之帝为儵，北海之帝为忽，中央之帝为混沌。儵与忽时相与遇于混沌之地，混沌待之甚善。儵与忽谋报混沌之德，曰：“人皆有七窍以视听食息，此独无有，尝试凿之。”日凿一窍，七日而混沌死。[1]

人们还希冀穿透混沌吗？

面对这一企图，诗人问：诗的象征性，语言的召唤功能、歧义性、不确定性，丰富性呢？奈瓦尔的分裂性

[1]《庄子 · 应帝王》。

循环和波德莱尔的颓废美学为诗的现代性加入两个要素。马拉美要隐去自我，策兰使诗的不可能在死亡中实现……我呢？

奥古斯丁（Saint Augustin，354—430）问：那自我的坟墓呢？

亚里士多德：还有我的诗学？

上帝回答：在给你的第一句诗里。在假装的自我理想国和可以穿越的无限宇宙之间。

巴特农神庙：放牧词吧，我柱子们的天线对向宇宙的无穷。

上帝沉默了。

宇宙是无穷的吗？这无穷可以穿越吗？人类久远地问。诗只是遥远地赞叹吗？

1870年，来自德国数学家康托尔（Georg Cantor，1845—1918）的声音震惊数学界和哲学界。神学和数论出身的青年数学家提出集合论（Théorie des ensembles）和超穷数（Infinité d'infinis）理论。无穷是复数的、无尽的，但在数学上可以证明，无穷是可以超越的，这一发现让康托尔自己忐忑不安。他是虔诚的上帝信徒，“无穷”是上帝的词；无穷，但可以超越！上帝会怎么说呢？康托尔坚信："数学在其发展中是完全自由的"，"数学的本质就在于它的自由"。正是这自由把康托尔的想象力和数学思辨推到极致。人的思辨，其自身是完全自由的吗？"无穷"可以被人如此证明以至超越吗？从 1884 年直至生命结束，康托尔在精神癫狂的间隙思辨。他问上帝，或许也曾去梵蒂冈见教皇：在上帝的无穷之外还有无穷，怎么命名它呢？或许"穿越终极"（transfini）和被"超越数"（nombres transfinis）而非"超越无穷"是康托尔和上帝的一个妥协？

诗学：你让我返回生命，就任我穿越吧。

诗：把天空留给你。

从"我"的群体性延伸到蒙田陌生而遥远的自我，从扎米亚廷（Evgueni Zamiatine，1884—1937）的《我们》（*Nous autres*，1921）到奥维尔的《1984》（Orwell，1984），从古中国的《诗经》到 20 世纪颂歌，自我始终是一个悖论。何为"我"？蒙田的"群我"？抑或"我们"的"我"？

当代诗在丰富叙述，诗学和批评三重空间。这一空间既是编年的，又是共识性的；既是断裂的，又是延续的。诗人能否从逻辑和非逻辑化、自我的坟墓和虚幻、口传性合唱与独白的悖论中走出？与恒河沙数的宇宙可以对话吗？

天空回答：你的话语是我的平行位移，宇宙是它的厚度，巴特农神庙核桃女的神袍足够宽松，词语的空白，你尽管穿越。

在透明同质的神话与疏离对抗之间。

一颗孤寂的灵魂是不可能被读的，甚至感性和灵魂都是脱离的。每一个存在是一个世界。一旦对话，就有成为他者的危险，如瓦雷里笔下的台斯特先生（*La Soirée avec Monsieur Teste*，1896）。当卡夫卡（Franz Kafka，1883—1924）《变形记》（*La métamorphose*，1915）里的怪物甲虫连翻身都不可能时，思想的触角却伸得那么远，远得连得天都看不到它的踪迹。

对于萧航（Emil Cioran，1911—1995），人最大的悲剧，莫过于被过早的理解。一个思者，外界的喧闹是致命的，当被人理解变成成功的同义词的时候；周围的喧闹令他为难和失望。他知道这是不可避免的，但他所有的努力，是要把这一天推到死后，越远越好。

写，对于萧航，是解放自己的唯一疗法。每天清晨，他来拉丁区的花神咖啡馆（Café de Flore），在那里坐上十一个小时。

萧航退隐于写作和思想中，时而放出一点信息，惹得读者悸动，而他则傲然世外。他沉浸在细密的思想中，只有空迷和昏微的灯光不会使他失望。八十多年的生命里，就这样与人间若即若离。他的生存地点是巴黎，原因是：

巴黎是世界上唯一一座城市，在那里，贫穷和无所事事不会感到羞愧[1]。

而弃绝母语，是萧航在 1947 年与马拉美相遇的一个夜晚作出的决定。在他的书稿里，只有年轻时在罗马尼亚的文字和 1947 年以前的写作用罗马尼亚文。之后直到生命结束，他用马拉美的语言——法语，在哲学的维度存在。他从母语中走出。如果语言是精神的身份证，离开一种语言意味着进入另一个世界，陌生的、不那么约定俗成的、断裂的、不能油滑的空间。

远古的颂词口头文学直到今天还有它的影子，大众

---

[1] Emile-Michel Cioran, *Cahiers* 1957-1972, NRF Gallimard, 1997. Source : https://lafrusta.homestead.com/pro_cioran_fr3.html

文学。但诗要倾听的是那个不带热望的非群体的“我”自由的声音，这个“我”梦想竭力挖掘无数不可言说的记忆中某一个尚未开启的记忆。

为什么我常常觉得
被推入一群陌生的人里？❶

诗亲历了长久的悖论：历史性和内在的记忆之间，《我们》的合唱和独唱之间。史诗时代的口头述说建立在教育民众的讲述人，其透明和与听者的共识上。在史诗的洪亮里，出现了一个声音，微弱的、几乎听不到的（公元前4世纪的屈原、4世纪的圣·奥古斯丁和16世纪的蒙田），直到现代的中国：

我是谁
我是瀑布的孤魂
一首永久离群索居的
诗

❶ 郑敏《寂寞》，《九叶集》，南京：江苏人民出版社，1981，第140页。

我的漂泊和歌声是梦的

游踪

我的唯一的听众

是沉寂[1]

在现代的中国，这一合唱通过20世纪40年代的民歌运动和60年代的知青诗歌发声。一种具有部落、族群、和文化礼仪作用的创作。这些颂歌是史诗的、英雄化的，有着各自的身份“南京的”“北京的”“重庆的”“广州的”。文笔直接，面向大众阅读。渐渐地，抒情的、群体的“我”滑向个人的、主体的“我”。后者执着地返回诗，尽管那里仍然回响着合唱。

诗人在一块与自己有对话可能的土地上冒险，一个亲密而无比遥远的“我”。它决然不是忠实于真实故事的叙述者，不肩负活跃节日和社会气氛的使命。它在绝对的孤寂里，带着沉默，面对唯一的“读者”。写诗在绝对的意义上是与自己沉默的声音的交流方式，一个纯粹的

[1] 黄翔（1941—）《独唱》，谢冕，唐晓渡编《在黎明的铜镜中——朦胧诗卷》，北京：北京师范大学出版社，1997，第1页。

独语，一种书写，与颂歌和合唱决然相反，一个读者的阅读。

在“我”的精神世界里，最大的法则是思想的自由。诗的艺术，写作，它的时代和空间，语言与写者之间的紧张度，“我”与“群我”之间的张力，都由之发生并始终纠缠着它。“我”在寻找它自己，不知道是否有一天能从其中走出。这是有着清醒意识的寻找。直觉无所不在，特殊的记忆滋养着想象。

诗人，在长久地被赋予教育者、服务于国家、启迪民众、应对政治的小脾性使命后，开始转向他自己。个性的自我在面向民众的合唱里悄然加入了独语。

诗不满足于是一面镜子去忠实地反映外部世界，它首先是“我”的一面镜子，可以忽略外部的存在。它是个人的创作、真实的述说，接近诗性，但不是述说真实。它没有讲述历史事件的义务，不是民间歌手。他只是他自己，尽力捕捉自己的影子——另一个既近又远的自己。从“我们”剥离是他的努力。对无限的另一个“我”的寻找，在20世纪上半叶中国的象征派和九叶诗人那里留下踪迹。

中国朦胧派诗人的写作制造了现实主义的危机。现实作为传统的概念受到质疑。现实是复数的。诗人拒绝任何会让诗人沦落成现实。诗向无限的诠释开放，其话语的不可言说和不可确定性使无限的诠释成为可能。

诗在诗的语言上闹革命，拒绝使用时代经久使用的词语，一句话，拒绝信息性的约定俗成的言语（马拉美所言的“部落的词语”）。它取消句读，加入括号，制造碎片。它不顺从读者的口味，而要通过写作创造读者，哪怕妨碍通常的理解，在写作和阅读之间知道不协调。这就是新诗的朦胧之处。

如果我们时代诗歌有时间性，与其说那是它精神的、史诗图像的断裂性、不可捕捉性、转瞬即逝，不如说是“自我”的主体性。时间的割裂是存在的，通过想象的尺度，对词语、节奏和与作者内在自我无限紧密的记忆。这是马拉美所言的“一本书”的写作吗？在沙粒上，用沙粒的方式？

现代性文学的形成，从埃及的亚历山大图书馆时期经奥古斯丁到蒙田，经历两千年时间。在中国，从屈原开始到 20 世纪上半叶的象征派和现代派，没有间断。

自我主体性写作，从“我思故我在”到“我思我不在、我在我不思”，自我从极度自信到裂变，这个阶段走了近四百年。在中国，从 20 世纪 70 年代末地下文学和今天诗派到现在，走了半个世纪。

然而，这久远的困扰，无休止的折磨，是诗的存在的理由吗？是的，诗在人间是有角色的，但诗愿意这样被自我的主体性定格在人间逻辑这个迷宫吗？它有调动人的欲望——哪怕是美感（感而已）、爱觉、喜悦感、幸福感——的义务吗？

如果诗还有一丝人间责任，那只是，使灵魂有超越投影世界的可能，通过内观自性的灵在，在开始与未开始之间。

诗学的维度是诗，诗的维度是宇宙。太阳系的照耀能涵盖宇宙的维度吗？公元 3 世纪印度哲学家龙树存在的绝对与不存在的绝对之间，但丁《神曲》九重星空的原动天是人类对第一起源的想象，永远的疑问。如果有真理的话，它在诗，而不在哲学。

诗不为灵魂准备归宿，不加入对灵魂格式化的举世努力，无论灵魂幸福与否，更不为人间逻辑划分等级。

诗本自具足，不仅仅是信念，更是它是无限可能之一，当它和宇宙的无穷光源连通，哪怕已然是泡影。在一切的开始与未开始之间，这“之间”如《神曲》里的神光。每一个细胞是一个太阳，它的隐和现只是宇宙的某一个气息，被三维的视觉当做秒闪而已。诗的呼吸就在这闪现即消逝之间。诗的语言在意义与前意义之间。每一个呼吸是独立的，一如火苗。而人间的语言里，有不带意义的词吗？

诗给自己的使命是，不繁衍，回归到前意义状态，让形成的生命回到胎儿状态，可能吗？

诗的生命在回归胎儿，宇宙起源的维度。

第六章

# 回归与宇宙的对话

语言：我的废墟是可以修复的吗？

诗：废墟是我存在的理由。

诗学：废墟的未来和未来的废墟之间，我倾听宇宙的呼吸和诗的空白。

诗人听到尼采（Nietzsche，1844—1900）录下的厄琉息斯（Eleusis）密仪的呼喊：

> 苍生啊，你们肃然倒地了吗？宇宙啊，你感到那创造者了吗？[1]

---

[1] Nietzsche，*Die Geburt der Tragödieausdem Geiste der Musik* (*La Naissance de la tragédie à partir de l'esprit de la musique*)，1872，Trad. par Jean Marnold et Jacques Morland，Paris，*Mercure de France*，1906，p.19. Pour la version chinoise，Trad. de Zhou Guoping 周国平，*Beiju de dansheng*《悲剧的诞生》，北京：三联书店，1986，第 6 页。

每一个文明是无底的，深入不知回返，就是陷阱。废墟是文明的一个救赎行为？为解救人类？是人类自我救赎的警觉？

当礼仪说唱变成写作，当散落历史和民间的述说被中国的翰林们和亚历山大图书馆的博学者收集、分类编目、评注、编辑，当鼓动群情变成为写而写，当面对观众变成面对混沌幻象的自我，当群体听众变成作者想象中的他者，当为朋友和情人在节日里诵读的诗歌变成与自我群的对话，当透明的讲述变成对未知的疑问，当表述变成召唤，当与社会的契约变成独白，当作者面对自己不需要与自己相同的时候，现代意义上的诗出世了。与之俱来的是，如何从昨天过渡到今天？如何从今天进入昨天？如何从此地过渡到遥远的那边或者相反？又如何不那么线性地编年？如何跳出文化与历史的时间和空间距离，获得往来的自由？

这就是诗存在的困惑和理由：体验超越距离的微妙，面对瞬间的永恒或其匮乏，寻找那个遥远的声音，无论它在过去还是未来，无论它是否有过知音。

当代诗学批评，在中国，没有在文言语义词源上绞多少脑汁，更多的是引进观念和词语。中国古代的文学批评似乎被放置一边。中国的批评系统与其他文化批评系统真的风马牛不相及吗？西方文学批评的新潮流，无论如何新，无一不从古希腊源流汲取灵感和逻辑。而过去与现代割裂，是20世纪20年代以来中国新诗与新诗学的出生胎记。

21世纪是复兴的新精神性与语言的陷阱共在的时代，那是从马拉美到弗莱德里克·贝泰（Frédéñc Berthet，1954—2003）一场久远的以语言对抗语言进行战斗的一个陷阱。这一语言的陷阱，由马拉美作为艰巨的任务交接给我们这个世纪，但迄今仍然还没有完全开拓，诗人正尝试其中。中国诗学如何和诗、回归与宇宙对话，回到内在性，回到超越性，回到宇宙而上？现代性与回归宇宙性对话的传统，双轨是否可能？

20世纪是一个善的意图和恶的记忆共在的时代，多多罗夫（Tzvetan Todorov，1939—2017）对之作出了精妙的概述[1]。这种善的意图是文学乌托邦和社会乌托邦的动因，是当代文学批评理论浪头不断的风源。蒙田在其

[1] In *Mémoire du mal, tentation du bien*, Paris, Robert Laffont, 2000.

《随笔》中写道：

> 我们从来不曾在自己的家园，我们总是在外。恐惧，欲望，希望把我们抛向未来，使我们回避对现实的感觉和思考，而执迷未来、甚至在我们不再存在的时候。[1]

对未来的憧憬使中国诗学一个多世纪以来极力追踪西方，希望这个在地理、历史、文化与文字上是一个“他地”的乌托邦能够给中国指出道路。西方新文论因其文字起源而在语言和思辨范式上不断以“危机”演变，表象变形、分裂、岔道。中国20世纪以来的文学批评紧跟其后，热切投入狂念的涌动，忘记了自己因特殊文字起源所形成的特殊思辨模式。

然而这一理念的表象王国给我们展开它的文学批评根性，尽管文学批评被诠释成双轨的，即媒体和学术的，无论人的智性是否明白。其根性在语言——或源自口语交流或源自占卜——的土壤上。

---

[1] Montaigne, *Essais*, I, Paris, Gallimard, 1965, p.62.

源自交流性口语的语言为对圣本进行诠释筑下一个基石，即不刻意在文本上批评，而在启迪语言的精神。因此必须破解语言，从语言的背后捕捉圣言，因为人类的语言是不完美的，无以体现圣言，尽管每一个概念或单一或多重，“是我们表述我们这个世界所用的符号”。❶伊夫·博纳富瓦说：

> 词语在西方起源时就是思想的辅助，其使命是分析，或作为知识的结构，或引领行为并限制它。❷

以字母文字为支持的西方文本批评起源于《圣经》的阐释学。阐释为神启的显露提供可能。通过拆解文字而企及文字后面的意思，文字语义层面造成裂变。写者、读者和批评者与语言的关系是解构与被抹去、破开与被破壳。其紧张度是传统性与当代性的测量仪。

源自占卜的文字，无交流性口语的出身，而是以“文”为形体的中国文字，是视觉的、抽象的、象征性的，带有启示的功能，与《易经》数卦形式的神奇力量

---

❶ Yves Bonnefoy, *Le siècle de Baudelaire*, Paris, Seuil, 2014, p.14.

❷ 同上。

相应。文字给写者创造的可能，即如何释出书写语言本身的力量，使文字产生非相遇不知的隐秘性。起源于这一启示性文字的中国诗，《诗经》与《楚辞》，是感性的，自然山水的，深厚道德的，经过公元1世纪以后的佛经偈诵达到超越，是真正的宇宙之风。

无论显示圣言抑或通过表意文字“微言大义”，都需要诠释，前者通过对极度关注文本字面的批评，从中产生拆解文字的神学性诠释，通过能指的喻义、消解所指的含义去接近精神性——超越人类语言的圣言。

后者挖掘文字本身，通过字词的构造尽可能细微地捕捉字本身可能的含义，极力勾勒其显现的射线，以感知它们因为相遇而产生的含义。这是另一种诠释，注重含义本身的深层，通过表形本身如卜兆和卦象明晰各种组合所造成的含义。它旨在发掘事物本身的意义。

从两种不同起源的文字产生出两种不同的文学批评体系。因为字在任何情况下都是有力量的。然而，起源和思辨方式尽管不同，文学批评的本性一样，那就是和文学对话，或裂变，或相遇，永恒地创造。诗就是这样，它不断地产生裂口，裂口为思辨提供的空间无边际，诗学在其间与诗同步创作。诗学批评必须离开体系、中心和随作品之声附和的习惯，它命定要回到自己的根性上来。回到根性，意味着一切相遇变得可能了。这样的回返，能以“危机”冠之吗？诗制造相遇，一切的一切，无论时空的或时空以外的维度。因为相遇，诗学的存在成为可能，而相遇的不是我的世界，是诗自己的世界。

以单一批评方法去应对这种打破疆界的泛杂的文学批评，已经不可能。如何进入其间而又跨越其界？如何思辨，尽管创作关系不同？在相遇中得到灵感和突破？

诗徘徊于历史逻辑和自然真理之间。

和古典诗歌观念不同，现代诗歌的力量不在和谐，不在是否说得清楚说得感动人，诗歌的现代性由词场、字里行间以及意义的开放与自由度产生。标点因此而变得碍手碍脚，多余，有伤害性，除非它自身成为一个词语，一个开放的词场。

当人在世界的目的不需要诗去明晰的时候，深入本在的文化内核而不做隐士，穿行于其他文化的显现而不做游客，诗人有这样的力量吗？太阳之所以是太阳，是因为它把无数的根扎入无底的黑暗或不可见之中。而诗人是扎入文化的厚度而点亮宇宙之巅的通灵者。

诗人与诗是生产者和被生产的关系吗？诗的语言是

什么？是语言本身吗？当代中国诗人的语言意识与马拉美合拍。

> 词语被狂风找回
> 瞬间，头颅吐出小草
> 沿着脚下平仄路
> 我在倾听他的回声——[1]

当代诗人对诗的语言有一种特殊的意识。出现文本，作家的叙述，这就是现代性文学吗？贺拉斯·恩格道尔回答：

> 这还不是文学。要使文学得以存在，必须创造读者。不是外在的读者，而是内在的读者，为构成和完成文本所需要的潜在的读者。这同时也是文笔的创造，一种将作家沉默的声音传达给他写作对象的方式。这是词语向行为的转变，以期剥啄一个遥远而又

[1] 北岛《歧路行》，第十五章。

比自我更近的未知者的目光。[1]

字母形体的被启示性文字和以占卜理性为起源的文字为诗提供的两种可能：真实叙事或与宇宙对话。从神话演变到史诗与悲剧，叙述者叙述“真实”，或口传或文本。故事的真实性就是叙述者。与宇宙的对话文本关注发射问和可能的应验，书者记录并诠释，如何叙述不重要。真实叙述与对话可能是完全不同的两种写作。前者的关键是话语，后者的关键是相遇，与已然和未然。

记忆和记述是史诗不可或缺的因素。以宇宙为射向的写作不一定需要。自己的感觉和与不被真实拖累的自由虚构是后者的因素。在记述中，记忆与时间的关系是线性的，现在时和过去时的，尽管可以倒错。史诗体现得很生动。巴赫金将史诗的构成归纳为三点：

---

[1] 贺拉斯 · 恩格道尔（Horace Engdahl），瑞典学院院士，1999 年起任瑞典学院常务秘书。引自贺拉斯 · 恩格道尔于 2000 年 11 月 18 日在巴黎法国国家图书馆的讲演《一种世界文学观念》。[ 法 ] 金丝燕译，《跨文化对话》上海，上海文化出版社，第 8 辑，2002，第 12—21 页。

> （1）史诗的对象是民族的指的传颂的往事，用歌德和席勒的术语是“绝对的过去”；（2）史诗的源泉是民族的传说（不是个人经验及以此为基础产生的自由虚构）；（3）史诗的世界与当代，也就是与歌手（作者和他的听众）的时代，隔着一段绝对的史诗距离。[1]

史诗以历史为叙事主轴，其文学的态度是记述。它好听、好看，可以感动群体。它的视角向外，叙述必须融入合唱，而合唱的第一条件是保持绝对的透明度。“我”是复数的，任何内视，都可能因为走神而影响对群体的感染力，因而失去群体的认同。这是绝对意义上的“公共性”。对于“公共性”的呼唤，是对群体性、透明性的史诗的呼唤。在这一逻辑里，诗人不但不能与社会决裂，而且要尽可能地深入社会，深入生活。这是“大话语”，首先让生活变成各种现实的联络点。而文本要求诗人的是具有非凡的观察力与表现力。至于寻求“自我”的对话者或不可言喻的未知宇宙，都不是该考

---

[1] ［俄］巴赫金《史诗与长篇小说》，靳戈译，［英］乔·艾略特等《小说的艺术》，张玲等译，北京：社会文献出版社，1999，第116—117页。

虑的问题。

诗从记述转向写作，从群体的合唱退出，进入自己，这一转向改变了诗的历史：诗从社会礼仪性功能中解脱，成为独立的、纯粹的真实，但不讲述真实：

> 这需要作家与社会的罗网决裂，以寻求与没有实际亲密关系的知己进行交流。与合唱的透明度不同，文学给我们提供了进入作家无限世界的导读。写本从一种对一个事件不完善的记述变成独立的真实。❶

蒙田的内潜，在三百年后遥远的中国仍然有同道者：

> 我们做好了数十年的准备，就这样封闭地写下去。（北岛）❷

---

❶ 贺拉斯·恩格道尔（Horace Engdahl），瑞典学院院士，1999 年起任瑞典学院常务秘书。引自贺拉斯·恩格道尔于 2000 年 11 月 18 日在巴黎法国国家图书馆的讲演《一种世界文学观念》。[法] 金丝燕译，《跨文化对话》，上海：上海文化出版社，第 8 辑，2002，第 12—21 页。

❷ 引自谢冕，唐晓渡主编《在黎明的铜镜中——朦胧诗选》，北京：北京师范大学出版社，1993，第 83 页。

诗人对“自我”的内潜有着清醒的意识。白洋淀诗群和今天诗派是中国当代诗“自我”的第一阶段。文学回复到文学人道主义。

这个“自我”陌生，极为内潜，难以捕捉，首先出现在诗中。黄翔（1941—）和食指（1948—）是当代最早醒觉的中国现代主义诗人。

当周边响彻一个声音的合唱，黄翔的眼光转向，深入自己的内心，试图在巴黎找到一个倾听自我的读者。

> 我是谁
> 我是瀑布的孤魂
> 一首永久离群索居的
> 诗
> 我的漂泊和歌声是梦的游踪
> 我的唯一听众
> 是沉寂[1]

一个地下诗人，不和声，除了自己没有或许也拒绝

---

[1] 引自谢冕，唐晓渡主编《在黎明的铜镜中——朦胧诗选》，第 1 页。

被读的可能。谁愿意费劲听这个不合群的声音呢。而对于诗人，写作是唯一的救赎。在合唱的边缘，那个“自我”的诗意，“那会超越越本体真实的境遇和事物的诗意，那不知道如何以来信仰的诗意，被迫流浪”。[1]

还有一个声音，也微弱孤寂地游离在世纪的时间之外：

当蛛网无情地查封了我的炉台，
当灰烬的余烟叹息着贫穷和悲哀，
我顽固地铺平失望的灰烬，
用美丽的雪花写下：相信未来！

当我的紫葡萄化为深秋的泪水，
当我的鲜花依偎在别人的情怀，
我依然固执地望着凝露的枯藤，
在凄凉的大地上写下：相信未来！[2]

---

❶ Yves Bonnefoy, *Le siècle de Baudelaire*, Paris, Seuil, 2014, p.7.

❷ 郭路生（1948—）《相信未来》，引自谢冕，唐晓渡主编《在黎明的铜镜中——朦胧诗选》，北京：北京师范大学出版社，1993，第 83 页。

食指呼唤保罗 · 艾吕阿的《自由》。抒情和诗的回旋节奏保证了足够的透明度，引起当时地下诗人年轻群体的共鸣。

“自我”成为核心问题。因此，黄翔和食指是中国现代主义诗的先驱。在黄翔，首先是与社会秩序的链接中断，诗人发出被困而痛苦的声音。和浪漫主义诗人一样，对于周围，态度是对抗，这一文学的态度，也是“朦胧”诗人们的姿态。而黄翔的《我是谁？》对于中国当代诗歌的意义在于这一对自我的追问。诗变成思考，而非描述。

这一向他地的游离，通过20世纪70年代白洋淀和之后的今天创作者的诗意而成为可能。白洋淀诗群是知青，作为该时期中国地下诗歌场地，其民间性，即试图远离合唱的意识远远超过其知青的出身。这种写作上的革命，其革命意义究竟在哪里？如果不是与礼仪唱诵相对抗的一种只需要或者不需要一个读者的写作？如果不是一个夜的坑道里的挖掘，将一缕微光送到远处，引发黑暗的震动？

一旦有了读者便面临进入合唱的危险。这是诗的悖论。哲学家萧航对此非常警觉：

> 我周边的噪声让我为难和失望。我知道这一天是不可避免的，但我的自傲将它放在死后。我的担忧是针对活着的人们而非垂死者的。最大的悲剧莫过于被过早地被理解。❶

亚历山大图书馆使口述性文学转向文本写作。这是文学由史诗故事到文本记述的阶段。圣奥古斯丁和蒙田开启“自我”独白到内潜的写作，这是文学主体写作阶段。内倾造成自我的分裂，主体性退隐，还词语创造性，这是当代诗学所关注的阶段。

通常以为，视角的内转是自我对社会的抗衡，是重新体验人生并对现实进行批判，以期把握自己的命运。是的，这些因素都可能。但视角内倾的意义只有一个。那就是，自我要寻找其陌生的影子，这是文学写作与文学记述根本的不同点。

---

❶ *A Gabriel Liiceanu, 28 janvier 1987*, in *Itinéraires d'une vie: E.M.Cioran*, *trad.* par Alexandra Laignel-Lavastine, Paris, Michalon, 1995, pp.73-74.

这是一种未完成式的、避免饱满含义的写作，它创造出歧义的空间，为读者和诗学。与史诗时代完全不同的是对自我那个陌生的影子的寻找。这一寻找绕不过语言问题。“自我”试图在语言中找到自己。语言也存在于史诗和在远古宗族社会时代的口头叙述中，但不是创作的对象。而在现代性文学中，语言不再是工具，成为创作的实验对象。它首先体现在诗的语言实验上。中国新诗在其独特文字的实验非常大胆。而在中国当代，诗学的大胆，表现在对外来术语的直接借用。这一新的写作增强了诗在其超验性功能上的作用，诗不是僵化的、被确定，而是无限地、内在地活跃、多变的，通过一切显现向宇宙的所有玄妙开放的，而这一本性，有时苏醒于被主流思想激怒之时。

> 作为对表现之常规的违抗，诗的工作只能是困难的，因为它注定在概念的内核本身，也就是说在语言、文化、知识乃至在已经发生并经历过的存在最隐秘之处等诸多层级，承担人的局限，直面其命运，想

象其悲剧、变化其欲望之相。❶

诗的工作，除了突破表现，生存层面的表现外，最困难的实验，这就是维克托·鲍里索维奇·什克洛夫斯基（Viktor Shklovsky，1893—1984）提出的语言陌生化，给群体性透明度习惯制造阅读障碍，如果不是中止的话。

陌生化的可能途径是开放的，其中有外语入诗。不算公元5世纪佛经汉译音译词和半音半译词入偈诵，中国20世纪20年代的李金发、穆木天是中国新诗陌生化的先行者。那是多语种内外的灯灯互映，什克洛夫斯基的同代人巴赫金有着同一维度的警觉：

> 一个词、一中语言使人感到不同了，客观上变得不再像原来那样了。在这多种语言外部和内部互相照亮的条件下，每种语言甚至处于其构成（语音、词汇、词素音位及其他等等）绝对不变的条件下，都会变得好像是获得了新生，对以它为基础进行创作的意

❶ Yves Bonnefoy, *Le siècle de Baudelaire*, Paris, Seuil, 2014, p.13.

识来说会变成本质上的另一种语言。[1]

实验之二是将诗从歌与颂中解脱出来，脱离公众性语言系统，转入默读。歌与颂需要听众，强化社会性和礼仪性。或有批评家认为这有点自我和精英化，有悖于诗歌的“大众化”。而现代性文学，其起源在古希腊史诗结束，作者不再作歌说书，与自己及其群影对话，从对外的表述转内。一个陌生而无以捕捉的世界！中国今天诗派 1970 年末开始至今，其对当代诗的意义，就在于此。

当“自我”不再有解放全人类的热望，当它能自由地隐潜，超越自己成为可能。诗就是超越的可能。这一自我的视角不是文学的原初形式，它是否是诗的终极形式？明天的诗会是怎样的呢？肯定不是通过词的所指所作的游戏，而是通过摆脱了意义局限的词具有的创造性形式，这是诗的核心。

当公元前 12 世纪的中国以风雅颂与祖先和宇宙对话

---

[1] ［俄］巴赫金《史诗与长篇小说》，靳戈译，［英］乔 · 艾略特等《小说的艺术》，张玲等译，北京：社会文献出版社，1999，第 116 页。

的时候，当处在公元前8世纪的希伯来先知写诗颂的时候，当公元前2世纪盛行的圣经文学以神谕的方式揭示隐蔽的真理的时候，或者上溯到更早，当希伯来人歌唱《哀歌》《雅歌》的时候，当古希腊人用史诗或诗剧的形式叙述《伊里亚特》《奥德赛》《被缚的普罗米修斯》《俄狄浦斯王》和《美狄亚》的时候，祖先中没有一个预知到孔子的编撰是作者文学的开始，没有一个预知到亚历山大图书馆的文本编撰、12世纪对宗教文本的强化会导致自我主体意识的写作，会由此产生的现代性文学。更不会预料到17世纪拉丁语科学共和国的形成对歌德世界文学观念的影响。文学观念上的所有争论，都在文学的态度和文学的形态这两个源头上。

诗不把所指放入能指。中国语言给能指充分展示的纯粹形体语言，音与含义不同步，也就是形声与形意是可分的，它们可以分开，平行或不平行。诗的空间是整体的、开放的，没有中心，每一个字词在其间有足够的随机性、偶然性和发挥可能。诗人也不会预想到可能词语的相遇而如何，所谓“非相遇不知”。诗是反程序化、反概念控制，它是反经典的美学实验。

然而自我并非极端个人主义和自我依恋，那是自我的枷锁。自我是开放的一种能指，和艺术材料、语言中的字词一样。时间在诗中是自我的内在记忆和历史碎片的重组，其间的缝隙，留出想象的空白。在那些试图从智性的和感性的生存中得到灵感的诗人中，也曾出现最有浓度、最有深度者：

森林的箭镞射向黎明
发条拧紧的心脏骤然停止
祖国死者想抽支烟
从天空剪出小鸟召唤我

最后一夜和诗人们相聚
红酒照亮命运的时刻
四位智利诗人三个坐过牢
何塞[1]对我说
你面前是一堵墙但必须穿过去
那是我们世界的倒影

---

[1] Jose，诗歌节组织者。北岛《歧路行》第二十五章。

历史的真实受到质疑。透过时间的碎片重拾这一真实并用诗将之重新组合，意味着对整个真实进行深度化现，尽管可能有失去逻辑时间里真实一般面目的危险。这一质疑赋予诗一种新的功能。

一个逃避规则的男孩
越过界河去送信
那是诗，或死亡的邀请[1]

逃避规则的流亡迫使诗人内省。但这一面对自己的“自我”视觉又迫使诗人以另一种方式看外在的世界。他要把诗作为信或者邀请寄给死亡。寄往哪里呢？在北岛的写作里，我们看到现代诗的困惑。它的位置在哪里？无处，然而无处不在，因为它是内在的，有着内在的心思。那是词语后面的心思，词语之间的心思，这正是诗的困惑境遇。诗人最先感受到这一困惑，最先与之较量。

[1] 北岛《多事之秋》in Bei Dao, *At the Sky's Edge, poems 1991-1996*, traduit en anglais par David Hinton, New York, New Directions Books, 2001, p.12.

栏杆守卫南方的太阳
狩猎诗歌课我蹲在英文牢笼
为保持安全的距离
艾略特发现第五个房间[1]——

诗的写作可能吗？时间与记忆断裂，即便镜子或者倒影也无法将之连接。而断裂的时间却没有史诗时间那种绝对的距离。“我”与自己的距离是流动的，没有开端也没有结束，只有一个游移合唱之外的声音将要在文本书写中诞生。

描述真实的细节不再是诗的语言：天空是蓝色的。

诗终于发出呼喊：蓝色吧，天！

神灵超越人间，任意是法则，一种人类神学主义。诗以“文”妙化宇宙，一种人类宇宙主义。诗的真正思想在写和形成之间的对话中。

在无限数的起源和对它的过敏之间，在翻滚的念想和被吞没之间，在符号的秩序和流沙之间，在昨天和明天之间，在诗学的内在性与超越语言诠释之间，起源于

---

[1] 北岛《歧路行》第二十九章。

宇宙对话的诗，能满足于回归无论何种意义上的“城堡”吗？

命运在召唤诗人。

抽象，是自我解放，是不陷入。[1]

---

[1] Henri Michaux, *Idéogrammes en Chine*, Paris, Fata Morgana, 1975, p.11.

第七章

# 诗不可言说的极致

> 我说：一朵花！忽略我毫无边际的声音，那所有花束所缺席的，与惯常不同的某个东西，美妙的概念本身，音乐般地升起。[1]

诗思想着，但不独自。诗放开所捕捉的一切。一次次坠落……有时是一个墓地。做诗人，在不受限制的含义里生存。在写作里，诗人放入决然，面对不可定义的含义而悸动。写作，“自我”可以成为希望成为的。诗是脆微的，寻找着自己，破开不透光性，荒野的不透明的，在一片土地上，永远的土地，一如在神话里。

作为历史，诗的真实有明天成为非真实的危险，诗

---

[1] Mallarmé, *Crise de vers*, in *Œuvres complètes*, Paris, Gallimard, 1945, p.368.

依从观点，后者拉起推理的框架、言语的框架。诗从不曾休止，而这，得益于时间。那是瞬间，有着《列子·汤问》所说的“蚊睫有雷霆之声”，即事物与时间的相对性。或巨大或悠久，或短促或微小，因人而异。诗对非稳定性是有直觉的，它冒着被蒸发、无意识的危险。当诗人栖息在词的高枝上，他自然会以接近鸽子的方式向词靠近。不然词的精华会消失。困难的是弃绝词的愉悦而成为苦行僧当然要避免没有信仰只有举措的出家人。老子说：“美言不信。”美言有装饰过度的危险。从庄子庖丁解牛的故事看到的是精神先于视觉。诗人在书写中，顺着内在的眼睛，完成文学创作。需要穿越新空间的胆量。而只有自己给自己找寻通往高密度的生命色调之路。体验与我们共在的未知部分，它始终在，时而相当有威力。

诗显现概念思想中最精微之处，这不是交流层面上的，而是思辨层面的精华，思辨上超越感觉即知识或“意”，从另一个角度是实体的层面上超越现象、在知识和“意”之外的思辨。两种超越链接。前者为后者服务。诗不仅仅在实体思辨的层面，也在语言和“文”的层面，“文”既在表述超越感觉上也在超越现象上作用。这两种超越属性形而上。“文”起源于占卜，占卜超越感觉，接近对超越感觉的认知，继而了知超越现象。冶炼概念性思想，在西方，通过话语；在中国，通过承载语言的文字。话语和深不可测的“文”之间的两极。话语是人类心性冶炼出来的语言，文是占卜精神冶炼出来的字。

当代诗中，能指和所指之间的链接不再单一。它还在思考者的日常话语中留存，但这一链接被冲破，或变得含糊和敏感。诗人挖掘所指，将之外延，制造与通常意义的决裂，试图使能指向所指转化。

西方语言里的诗人实时写下与自然的感应，模仿自然，口语表音。诗人要冲破语言的能指与所指的关系，从概念逻辑解脱出来回到感性。概念过于理性，他要回到让人身心震撼的纯粹的感性，同时从感觉和形中抽象出来。

中国语言下的诗是意的抽象，即写意，体会自然而不模仿自然。文的表意，而非表音文字所带有的口语表意。若论抽象，它是对本来的意义的抽象，如笔画（形的抽象）和笔墨（墨色抽象）：能指和所指一体，不需要冲破概念化。中国诗的问题是如何从人回到宇宙。

在中国语言中，有“辞”和“诗”。“辞”从屈原开始带有诗的功能。而“辞”和“诗”不同。“辞”是个人抒情，人与自然之间的话语，但和宇宙没有联系，是感知。诗初始与自然和季节相连，通过这一联系与宇宙相连。诗超越感知。

表意的中国文字中，能指和所指是一个整体。能指独一无二地表意而非表音。表意文字形式为感知维度，视觉刺激超过听觉刺激。汉字能指带有的感性超过字母形式一个词的能指。能指与所指在纯语素上的组合容易消失，而书写则留存。因此，音者如烟消散不存，书者风化深刻。这是表意文字的力量。伊夫·博纳富瓦强调西方语言中“观念性话语”（discours conceptuel）和“诗性话语”（discours poétique）的区别。诗人拒绝前者。

乔治·巴塔耶（Georges Bataille，1897—1962）论语言对于诗的不可能性。不可能性在于通过语言去接近不可言说性、接近生存之外的存在、接近思想的非思想性、接近完美的不完美性和无限—有限的现象世界之外——的极度专注。

马拉美的“一本书”指向诗不可言说的极致：超越感觉和现象维度。这本书和人类一起久远。

诗人埃德蒙·雅贝斯（Edmond Jabès，1912—1991）

听到马拉美的寄语：

> 一部以碎片方式交稿的作品，其每个碎片都会成为另一本书的开端❶

萨福（Sapho，前630—前560）滑落在历史悬崖下的断篇预示了诗和人间的关系。诗绝无选择，在生存和爱、理性与激情、希望与无望之间。

> 月落星沉，
> 良夜已半，
> 光阴自逝，
> 而吾今独卧。❷

尽管月和七星仙女的午夜，诗人只有自己的魂群。

两千四百年之后，萨福的译者，女诗人磊内·薇薇安

---

❶ 埃德蒙·雅贝斯，Aely, in *Le Livre des Questions 2*, vol. VI, Paris, Gallimard, 1973, p.343.

❷ 萨福《残篇》（*Voigt 168B*），周作人（1885—1967）译，钟叔河《周作人文类类编》，第八卷《希腊之余光》，长沙：湖南文艺出版社，1998。

（Renée Vivien，1877—1909）再捡起断章，她明白了：

> 一个暗示性的梦支撑着我合上的眼皮。
> 我等待着，不知道徒劳地等待什么，
> 面临青铜盾牌似的大海，
> 你来了给我带来玫瑰……[1]

写诗，是将灵魂转向它的起源。诗是痕迹，无形之有形。形始终在运动中。诗就在人进入它的时候出走。感觉和形而上概念交织。诗和言与志，灵魂的向往与心的趣向交织。为了将新意导入已经的存在，诗人可以献身，通往决意要走的道路，路途中的波折不过是自由的代价：花边、练习、警告和狡计。诗人决意创出一种时间，一种从旧有到新有的时间，一种在可能中的不确定：

> 我认出亲爱的线条，环顾四周，我看见花园带有

[1] 磊内·薇薇安《夜玫》（*Roses du soir*），in Renée Vivien, *Évocations*, Paris, Alphonse Lemerre, 1903, p.106.

墓地之象。一些声音在说："宇宙在夜里！"❶

诗是一种前置，游戏含义。它尽可能地伸延呼吸，一如人的身体所能做的那样。"风"使诗飞扬，因为它具有令人信服的力量。风披草低，诗诵出，人苏醒。诗人飞往冒险，但带着往返的通行证。因为回返是为了回向可能，回向诗的能指。《诗经》之风与"骨"相应。感动与生命力相应。"骨"给生命和感动之风以形。风给词语以翅膀，"骨"给词语以精气和力量。诗从中滋养思想。但永远或缺一个念头。受庄子的影响，陆机（261—303）在《文赋》中写道：

课虚无以责有
叩寂寞而求音

在似乎已经有含义的表意字内部，诗人导入另一个字，另一个表意字，与原先的字形成叉意或转换。在诗

❶ Gérard de Nerval, *Œuvres*, texte établi, annoté et présenté par Albert Béguin et Jean Richer, Paris, Gallimard (coll.《Bibliothèque de la Pléiade》), 1952, p.373.

中造成远离和接近，使语义的阐述带有多重可能。语言至多部分接近真实。中国字通过象和声在诗中改变含义，制造相当的紧张度，逼迫语言不轻松。元结（719—772）把诗比作水乐。瀑布冲落岩石，其声甚过诗、乐和韵律最妙之音。

公元5世纪刘勰因此在《文心雕龙》中逐一探究诗人与“文”以及其多义性的关系，诗人所致力的“文”“质”的组合，诗人通过写作思考书写的主动与被动两种运作方式，“文”与自然、天地、古人、存在、诗人所试图建立的诗与体验的组合，诗人与社会的关系即介入抑或隐退等问题。

诗有箴言的作用，一如针灸，治文字之病，预知涅槃。诗介入哲学和伦理思考。锦鸡和鹰在中国《诗经》传统中含相对立的喻义。前者羽毛美却无力百步，后者无炫目之羽却直冲云霄。一如诗的才气，或锦鸡式，囿于文学小圈，自足于王室之交往；或如鹰，直冲万里之外。

雅贝斯的维度是天和沙漠的圣言：

> 荒漠的经历对于我，曾经是绝对的。在天和沙之

间，在一切有和无之间，问题是炙热的。它燃烧但不消耗。它为自己燃烧，在虚无里。沙漠的经历也是倾听，极度的倾听……

荒漠不仅仅是沉寂和倾听。它是永恒的开启。一切写作的开启，写者作为留存而作的开启。一切开启的开启。[1]

博识的卡利马科斯在亚历山大图书馆里通过诗与诗神对话：

我的缪斯啊，什么时候，哪一天，你歌唱阿波罗的乳母，神圣的提洛岛（Délos）？基克拉迪群岛（Cyclades）当然值得颂扬，它们是最神圣的岛屿；但是提洛岛配得上你最高的敬意。是提洛岛在诗人之神离开母亲怀抱之时接纳了它；是提洛岛用语言包裹它，第一个钟爱它。一如缪斯们蔑视不会唱诵盘波磊

[1] Edmond Jabès, *Le Soupçon le Désert*, par Didier Cahen, coll. Poètes d’aujourd’hui, Seghers, 2007, p.138.

（Pimplée）之水的诗人那样，福玻斯蔑视会忘却提洛岛的人。今天，提洛岛接受我的供品——诗，而你，散地乌斯（Cinthius）之神，为绝不会忽视你乳母的诗人鼓掌吧。[1]

博识不造成所知障，不描写，以问向未知开放，以对话回归诗的恢宏。卡利马科斯的诗指向诗不可言说的极致。

诗学是一种特殊的思辨性语言。它不批评。批评石化创造的心情。诗人保护着自己心中那极为微妙、纤弱的角落。他相信除了偶然和死亡，蜘蛛网唯一不能框住的是创造的感觉。保护这一角落直至无限。雨果试图企及诗的极致：

有时，当一切入睡，我坐着，充满喜悦
布满星星的在我们额头燃烧的穹顶下；

---

[1] 卡利马科斯（Callimaque de Cyrène，公元前 305—前 240 avant notre ère），《颂歌》（*Hymnes*），古希腊人诗人，目录学家。In *Hymnes*, VI, *En l'honneur de Délos*, trad. de Laporte-Dutheil, Paris, Lefèvre, Charpentier, 1842, p.508.

我听着上天是否落下一点声响；
时间用它的翅膀无谓地拍打着我
当我感动，凝视这永恒的节日
光辉的天空将黑夜给予世界

于是我一直相信这些火焰太阳
在这个沉睡的世界仅仅曾经温暖着我的灵魂；
相信只有我命定理解它们；
相信，我，这个虚幻的幽冥的寡言的影子，
是盛况之夜的神秘国王；
相信，天独为我放光。[1]

或许雨果听到了《浮士德》中诗人的呼喊：

诗人
别向我提起这密集的人群，
他们的面目让我痛苦，使我的思想结冰。

---

[1] Victor Hugo (1802—1885), *Parfois, lorsque tout dort*, in *Les feuilles d'automne*, Paris, Eugène Renduel, 1832.

这俗气的旋涡，被烦恼吞噬，
它把我们卷进其闲散的世界；
那里所有的荣耀丝毫不吸引我：
带我去远离此地的地方吧，❶

在宇宙的另一个维度，一块非自然的表意语言土壤里，诗与宇宙对话：

人牛不见杳无踪，
明月光含万象空。
若问其中端的意，
野花芳草自丛丛。❷

诗是宇宙纯能量的一个整体，无穷却可以穿透。普明禅师的牧牛指向诗不可言说的极致。威廉·布莱克似

---

❶ 歌德《浮士德·序曲》(Goethe, 1749—1832, *Faust*,《Prologue》)。德译法，由法国诗人奈瓦尔完成。Traduction de Gérard de Nerval, Paris, Édition Garnier, 1877, p.30.

❷ 普明禅师（—1352),《牧牛图颂·双泯第十》，in《卍续藏》，京都藏经书院刊行，1905—1912，第一一三册页九二三上。

乎听到了普明的低吟：

一颗沙里看出一个世界，
一朵野花里一座天堂，
把无限放在你的手掌上，
永恒在一刹那里收藏。[1]

融会宇宙的诗是不具有反映功能的。反映只有在面对的时候才有可能。当诗人把模仿现实作为自己的使命时，便处于反映的境地，描述已发生或可能发生的事。诗人伊夫·博哪富瓦很清醒：

诗不是文学。[2]

诗与文学的区别一如生存之欲望与把握和治理存在的区别。诗不寻求含义，但寻求直觉，要活在直觉。[3]

---

[1] 威廉·布莱克（William Blake，1757—1827）《天真的预示》（*Auguries of Innocence*），梁宗岱（1903—1983）译。

[2] Yves Bonnefoy, *Le siècle de Baudelaire*, Paris, Seuil, 2014, p.57.

[3] *Ibid.*, p.58.

神意是宇宙的行者，一个全角度的绘图人。降临世间，它看到一切，读到一切，听闻一切，真实的、真和善的。它替宇宙督行，知道并指示如何必须做，在虚空发言。这位审判人是谁呢？神或圣灵？

我是谁？在时间的河流里，
一盏起伏的，永远的明灯。
我听过希腊诗人的歌颂，
浸过以色列的圣水，印度的
佛光。我在中原赐给了
智慧的诞生。在幽明的天空下，
我引导了多少游牧的民族，
从高原到海岸，从死到生，
无数帝国的吸力，千万个庙堂
因我的降临而欢乐。[1]

13世纪的法国诗人博得 · 法思图（Baude Fastoul,

---

[1] 穆旦（1918—1977）《神魔之争》李方编，《穆旦诗全集》，北京：中国文学出版社，1996，第112页。

—1272）因麻风病被世人弃置圈禁，诗是他唯一与上帝对话的可能：

绝非贫穷使我丧志，
我忘却一切痛苦，它不算什么，
但众所皆知的耻辱有着
一种贫穷。
无所不能的上帝，
愿他给我这作为苦行，
因为两个地狱，有点太多。[1]

诗人在受众人嘲笑之前自嘲。痛苦之最的羞辱是苦行，上天堂的窄门。中世纪身患麻风病的博得·法思图的幽默指向诗的诗不可言说的极致。

诗人的占卜—预测—使命与现实不应该发生因果关系，他的占卜神力获得的前提是与宇宙同呼吸，而不为现实服务。表现事物的普遍性和必然性，接近事物的真

[1] 博得·法思图，［法］米歇尔·冉刻（Michel Zink），*L'humilité*：《谦卑》，［法］金丝燕译，北京：中国大百科全书出版社，2019，第 37—38 页。

理，与诗无关。任何道理不是看的。否则人类不会有这么多故事，而且永远重复。诗仅仅是找回宇宙和自己感受。在这个意义上为人类招魂：

> 生存还是毁灭，这是一个值得考虑的问题；
> 默然忍受命运的暴虐的毒箭，
> 或是挺身反抗人世的无涯的苦难，
> 通过斗争把它们扫清，
> 这两种行为，哪一种更高贵？[1]

四百年后，哈姆雷特在地球的另一侧听到回声：

> 我，站在这里
> 代替另一个被杀害的人
> 为了每当太阳升起
> 让沉重的影子像道路

[1] 威廉 · 莎士比亚（William Shakespeare，1564—1616）《哈姆雷特》*Hamlet*，Acte III，scène1，朱生豪（1912—1944）译，北京：九州出版社，2001，第 97 页。

穿过整个国土[1]

诗人在和宇宙的通灵中承担人类的苦难，为人类招魂。诗指向不可言说的极致。

话语生长了，却不刻意，一如太阳。诗人捧出一缕，献给人类，自己还在晒着。他自在而不知何为惊奇。

凭借一个词的力量
我重新开始生活
我生来是为了认识你
为了呼唤你的名字
自由[2]

宇宙法则的非线性、整体、浑然、不对抗、不分割、不辩解。它的语言是一个光团：透明，少杂质。闪光的色彩渐渐淡去。

---

[1] 北岛《结局或开始——献给遇罗克遇罗克》，引自谢冕，唐晓渡主编《在黎明的铜镜中——朦胧诗选》，北京：北京师范大学出版社，1993，第67页。

[2] 艾吕雅，*Liberté*，陈力川译，北岛选编《给孩子的诗》，香港：香港中文大学出版社，第42—43页。

当无开始和无无开始，
无空和无无空，
无可能和无无可能，
无形和无无形，
无粗和无微妙，
无显相和无显相的时候，
话语不再诞生，
二元与无二元不再。❶

诗，宇宙而上，语言既然无法捕捉“阐释层面上的全部意义，而任何阐释都不能企及显现后面的审读”❷，那么，语言还可能框架诗吗？

菩提本无树，
明镜亦非台。
本来无一物，

---

❶《浣衣人马卡雅》MaḍivālaMācayya，《皈依颂》In *Paroles de Śaraṇa, choisies* par Prabhushankar, trad. du kannaḍa par Vzsundhara Filliozat, Saint-Raphaël, Editions Âgamât, 2011, p.46.

❷ Yves Bonnefoy, *Le siècle de Baudelaire*, Paris, Seuil, 2014, p.31.

何处惹尘埃？[1]

冲破可以言语的含义，惠能和印度马卡雅（Maḍivāla Mācayya）的诗是诗学的缘起，指向诗不可言说的极致。

反话语和死的创造性是两颗星，护持着诗人。反话语中断约定俗成语言的顺畅逻辑，死的创造性使诗人破掉被模式化的“生者”的话语，创造出一种召唤性的语言：

它，语言，依然在，没有丢失，是的，不管怎样。不过，它现在必须穿越自己回答的缺席，穿越一种可怕的缄默，穿越死亡语言的数千黑暗。语言穿越它们，绝不向任何发生的事情发出一个；就是事情发生了，语言也会穿越它。穿越之并重返白天，从这一切得以“丰富”。[2]

“重返白天”是可能的，当诗精妙地与当下、往昔和时空之外对话：

---

[1] 惠能（638—713）。

[2] Paul Celan, *Le Méridien et autres proses*, Le Seuil, 2002, traduit et annoté par Jean Launay, p.56.

在一切这哀悼
你的：没有
第二斗天。
……
贴着嘴唇，
它曾经意味着一个复合词，
我失去了——
失去一个词，
它曾经留给我：
姐妹。
从上千的偶像中
我失去一个词，它曾寻找我：
*Kaddisch*。❶
穿越
我必须过的水闸，
为了赠酒词，
把它重新沉入咸的水浪，
取出它，让它横渡：

---

❶ 珈底什，犹太教每日礼拜祈祷唱的赞美诗。

*Yisko*[1]

这两颗星使保罗 · 策兰的诗指向诗不可言说的极致。伊夫 · 博纳富瓦明白诗人经历的悖论。

兰波的反抗是决然的：

真正的生命缺席。我们不在世上。[2]

诗带着宇宙的愿力，穿透世界的意识，打开人为的篱笆。对处于“我们倾听，我们行动”状态的魂灵，诗是不可被理解的。世界的主流是散文的脑袋。散文的脑袋被悲剧感动，怜悯与恐惧是它的孪生女，它通过悲剧达到自己情感的净化。而兰波的诗指向诗不可言说本体的和超越现象的极致。当期待消失，恐惧、批评与挑战同时寂灭。平等心使被冰冻的创造性复苏。诗性的磁化

---

[1] 以思高，犹太祭奠仪式。In Paul Celan, *La rose de personne*, Paris, José Corti, édition bilingue, 2002, p.47.

[2] 兰波（Arthur Rimbaud，1854—1891）《疯狂的处女》Arthur Rimbaud, *Vierge folle,* in *Une saison en enfer, Œuvres poétiques*, Paris, Garnier-Flammarion, 1964, p.126.

语言是火山上的一缕火苗。一如但丁的感动：

这时正是早晨的开始，
太阳正与众星辰冉冉升起，
从神灵的爱最初推动这些美丽的东西运转时起。[1]

宇宙的丰富和光芒从但丁的诗句中透出，诗人与宇宙是如此默契，无限为他献出源泉。宁静与脉动一体，永恒和沉默为变动和妙化铺展土地，诗是一颗种子。它不能被囤积，必须下地，在与宇宙的对话里交付自己的灵性，化成话语。话语是诗人的付出，他付出，收获是自然的，却不期然。宇宙诗人在无限里直觉，把呼吸传给人类。宇宙的法则是相互激活，诗的语言因而具有激活力，不寻求净化，超越而已。但丁的诗指向诗不可言说的极致。

在神学，核心概念是上帝。上帝的本性与现象世界的本性决然不同。那是天上地下两个世界。形而上与形

[1] 但丁《神曲 · 地狱篇》Dante, *Enfert, chant 1, La Divine Comédie*, Trad. par Félicité Robert de Lamennais, Paris, Flammarion, 1910, p.5.

而下绝对断裂，超越人的世界而接近上帝。比如通过死亡从一个世界到另一个世界。超越是指超越“存在”维度，是绝对的，作为可以捕捉的、当下绝对显现的非存在。

在中国思想里，即在“宇宙而上”这一维度，也有超越。形而上和形而下同为一个世界，形而上是形而下的理性。一面，是现象世界，一面是对现象世界的超越，也就是超越万物的理性。中国的超越不在本体论维度，不是存在的维度，而是认识论的维度，是认知的超越。要认知形而上，需要借用占卜。占卜标志着现象和超现象之间的断裂。因此，中国的超越从认知的角度切入，而不从本体存在的角度切入。而超越在同一个世界，由现象世界和不可见的世界。这一点与柏拉图的观点相近。柏拉图认为世界由现象和理念组成，现象是理念世界的影子，理念赋予现象世界以理性。

在宇宙而上的维度与之相似，理念代表事理，更高层，先于事理。关于理念与现象的思考是无尽的。超越有两种，超越存在和超越认知。在超越认知的维度，言超越感知和超越现象，在超越存在的维度言超越本体。

北岛《给孩子们的诗》，诗育而非歌教，这一丝弱光无论多么微不可思，但催醒少年们的额头，使之开向宇宙，通过诗，大自然微妙的魂灵：

> 半卷湘帘半掩门，
> 碾冰为土玉为盆。
> 偷来梨蕊三分白，
> 借得梅花一缕魂。❶

宇宙的通灵者——诗人也就感到其存在的理由了。亨利·米肖从中国文字的神话起源里看到最古老的灵动：

> 曾被比作虫迹或沙漠上各种鸟迹的之象，继续蕴含着中国语言，那不变的、始终可读的、可理解、有效的、世界上最古老的活语言。❷

文之语言给诗这样的可能性、如此殊胜的入口，企

❶ 林黛玉《咏白海棠》，《红楼梦》第 37 回。

❷ Henri Michaux, *Idéogrammes en Chine*（表意字在中国）, Paris, Fata Morgana, 1975.

及不可思议的境界，我们今天的诗人还希冀捕捉滑动在理念火苗的灰尘而自绝天性、放弃与宇宙的对话吗？

荷尔德林（Friedrich Hölderlin，1770—1843）听到这一问话，笑了：

> 新的一天从遥远的高处走下，
> 从夕阳苏醒的清晨，
> 对人类笑了，庄严而敏捷，
> 人类被愉悦温柔地穿透。[1]

而诗人活在让他陶醉的梦中，那是诗，唯一的真实。在那里一切可创造，哪怕在《浪漫的谎言和小说的真实》之间。[2]

诗在超越无始无终的断裂中重新找到永恒。诗人问道：

---

[1] 荷尔德林，*Le printemps*（春）, Friedrich Hölderlin, *Derniers poèmes*, Editions bilingues, traduction nouvelle et présentée par Jean-Pierre Burgart, Bordeaux, William Blake And Co. Edit, 2011, p.61.

[2] René Girard (1923—2015), *Mensonge romantique et vérité romanesque*, Paris, Grasset, 1977.

> 可是“说不可言说的”，意味着在含义之外又在词语的含义之内，在头脑里保持各种语言的多义性？❶

雅贝斯似乎比较乐观：

> 我是词族，人们用它建造住所……❷

用词语表述诗是困难的。庄子接问：

> 荃者所以在鱼，得鱼而忘荃；蹄者所以在兔，得兔而忘蹄；言者所以在意，得意而忘言。吾安得夫忘言之人而与之言？❸

诗不可言说的极致是什么呢？创造性？超越感知，超越现象？是诗创造超越还是超越创造诗？

---

❶ 奈瓦尔（Gérard de Nerval）, *Aurélia*, VI.

❷ Edmond Jabès, *Le livre des questions*, in *Edmond Jabès*, par Didier Cahen, coll. Poètes d’aujourd’hui, © Seghers, 2007, p.117.

❸《庄子 · 外物》。

写作　为了抹去一行行的诗句[1]

诗人　放牧迷失吧
低语抑或独白冗长
此时当下
在这自我的蜕变里
无须雕琢存在的诗意
透过纷杂的思想
宇宙永远开向
最初一缕微光的闪烁
在虚无的头脑纹理[2]

一个声音从午夜尽头闪出：

我们的诗从来不过是一个上路的欲望，走向遗失的源头。[3]

---

1. 北岛《歧路行》，第二十六章。
2. ［法］金丝燕《诗，放牧迷失》。
3. Yves Bonnefoy, *L'autre langue à portée de voix*, p.239-240.

# 后 记

1986年5月，在北京大学十七楼三层，我给北京大学中文系三年级的本科生上《中国新诗源》选修课。一周两个学时，备课时间充足。

接兰州中国诗歌八月讨论会的通知[1]，入室闭门写稿。

一学年来课上未能展开的思绪纷涌到笔端。三天完成《诗的禁欲与奴性的放荡》，诗学第一篇。

同年10月5日，到巴黎读书，翻滚于象征诗派，忘乎其余。不久接到《诗刊》转来的读者来信，言《诗刊》发表了《诗的禁欲与奴性的放荡》[2]，希望作者响应。我没有回复。不恋战，思想如若是火山，不在乎火苗。

1991年，北岛约稿，给《今天》写诗论，我完成

---

[1] 此届全国诗歌理论研讨会于1986年8月25日至9月7日在甘肃兰州举行，主办单位为《诗刊》《当代文艺思潮》《飞天》等杂志社。

[2]《诗刊》1986年第12期，第28—33页。

《诗的厚道与逍遥》[1]。诗学第二篇。

2005 年，《今天》准备“细读诗歌”专栏，欧阳江河组稿。我心里的异端神再次醒来，写《细读的悖论——诗书写的不可能与自由》[2]。诗学第三篇。随后，为《跨文化对话》写稿《一种诗歌批评观念——读马拉美》[3]。诗学第四篇。

21 世纪之交，知识界反思历史，我被思潮所滚动，写《合唱与隐潜：一种世界文学观念——论中国当代文学的态度》[4]。诗学第五篇。

2014 年，应社长甘琦邀请，在香港中文大学出版社做《中国当代新诗学：视野、走向、新诗源》讲座[5]。此后，诗学的悖论续篇《与宇宙对话——中国新诗学》[6]、《诗的宇宙而上》[7]、《诗与诗学的至高点》[8]，陆续发表。

诗的故事，无休止的开始，永远的未完成。

---

❶《今天》1992 年第 1 期，第 129—132 页。
❷《今天》2005 年第 2 期，第 68—78 页。
❸《跨文化对话》第 17 辑，上海：上海三联书店，2005，第 29—38 页。
❹《文学评论丛刊》第 7 卷第 2 期，南京：南京大学出版社，2004，第 158—181 页。
❺《扬子江评论》2014 年第 45 期，第 68—73 页。
❻《今天》2015 年第 4 期，第 197—205 页。
❼《今天》2016 年第 1 期，第 195—178 页。
❽《今天》2016 年第 3 期，第 293—304 页。

附录一[1]

# 《诗学的悖论》人名索引

（汉语拼音音序）



[1] 本书《附录一》和《附录二》的整理者：北京师范大学 2021 级跨文化学方向硕士研究生李佳欣。

G



H

L

W



X

张旭 (Zhang Xu)

赵汀阳 (ZhaoTingyang)

郑敏 (Zheng Min)

周国平 (Zhou Guoping)

周俊 (Zhou Jun)

周作人 (Zhou Zuoren)

朱生豪 (Zhu Shenghao)

朱利安 · 格拉克 (Julien Gracq)

庄子 (Chuang-tzu)

附录二

# 《诗学的悖论》人名索引

（英文字母音序）

张旭 (Zhang Xu)

赵汀阳 (ZhaoTingyang)

郑敏 (Zheng Min)

周国平 (Zhou Guoping)

周俊 (Zhou Jun)

周作人 (Zhou Zuoren)

朱生豪 (Zhu Shenghao)

附录三

# “跨文化研究”丛书出版书目[1]

1 乐黛云《跨文化方法论初探》，中国大百科全书出版社，2016。

2 [法] 汪德迈（Léon Vandermeersch）《中国文化思想研究》，中国大百科全书出版社，2016。

3 [法] 金丝燕、[法] 法宝（Dhammaratana Tampalawela）《佛经汉译之路：〈长阿含·大本经〉对勘研究》，北京大学出版社，2016。

4 [法] 金丝燕《文化转场：中国与他者》，中国大百科全书出版社，2016。

5 程正民《跨文化研究与巴赫金诗学》，中国大百科全书出版社，2016。

6 董晓萍《跨文化民间文艺学》，中国大百科全书出版社，2016。

[1] “跨文化研究”丛书是教育部人文社会科学重点研究基地重大项目“跨文化视野下的汉语、汉字与民俗文化研究”的综合性研究成果，[法] 金丝燕、董晓萍主编，国内出版社加盟出版的有：中国大百科全书出版社、北京大学出版社、商务印书馆、中国人民大学出版社、中国社会科学出版社、北京师范大学出版社、文化艺术出版社和上海大学出版社。法国出版社同步出版的有：Paris:Éditions You Feng Libraire & Editeur 与 Paris：Nuvis，乐黛云、[法] 金丝燕、董晓萍主编。

7 [法]劳格文(John Lagerwey)华南民俗志》，中国大百科全书出版社，2016。

8 王邦维《跨文化的想象：文献、神话与历史》，中国大百科全书出版社，2017。

9 王一川《跨文化艺术美学》，中国大百科全书出版社，2017。

10 董晓萍《跨文化民俗学》，中国大百科全书出版社，2017。

11 董晓萍《跨文化民俗志》，中国大百科全书出版社，2017。

12 董晓萍《钟敬文与中国民俗学派》，中国社会科学出版社，2017。

13 [爱沙尼亚]于鲁·瓦尔克(Ülo Valk)《信仰·体裁·社会》，董晓萍译，中国大百科全书出版社，2017。

14 [法]劳格文(John Lagerwey)、谭伟伦主编《(一)闽西客家社会——长汀》，中国人民大学出版社，2017。

15 [法]劳格文(John Lagerwey)、谭伟伦主编《(二)闽西客家社会——宁化》，中国人民大学出版社，2017。

16 [法]劳格文(John Lagerwey)、谭伟伦主编《(三)与非客的社会》，中国人民大学出版社，2017。

17 [法]劳格文(John Lagerwey)、谭伟伦主编《(四)粤东粤北社会》，中国人民大学出版社，2017。

18 [法]汪德迈(Léon Vandermeersch)《中国思想的两种理性：占卜与表意》，[法]金丝燕译，北京大学出版社，2017。

19 王宁《汉字六论》，中国大

百科全书出版社，2017。

20 [法]汪德迈（Léon Vandermeersch）、金丝燕编著《古文言读本》（法文版），Paris：Éditions You Feng Libraire & Éditeur，2017。

21 [法]金丝燕等译《药师琉璃光七佛本愿功德经》（法文版），Paris：Éditions You Feng Libraire & Éditeur，2017。

22 董晓萍《中国经典故事》（法文版），Paris：Nuvis，2017。

23 [德]艾伯华（Wolfram Eberhard）《中国民间故事类型》（修订版），王燕生、周祖生译，刘魁立审校，董晓萍校注，商务印书馆，2017，2018。

24 [法]汪德迈（Léon Vandermeersch）《跨文化中国学》，中国大百科全书出版社，2018。

25 乐黛云、陈越光主编《全球视野下的中国文化本位》，中国人民大学出版社，2018。

26 乐黛云、陈越光主编《全球治理、国家治理和社会治理》，中国人民大学出版社，2018。

27 [法]金丝燕主编《中国当代艺术》（法文版），Paris Nuvis，2018。

28 [法]白乐桑（Jöel Belensan）《跨文化汉语教育学》，中国大百科全书出版社，2018。

29 [英]白馥兰（Francesca Bray）《跨文化中国农学》，董晓萍译，中国大百科全书出版社，2018。

30 董晓萍《跨文化民俗体裁学》，中国大百科全书出版社，2018。

31 王宁《跨文化汉字学》，Paris：Éditions You Feng Libraire & Éditeur，2018。
32 程正民《巴赫金诗学》，Paris：Éditions You Feng Libraire & Éditeur，2018。
33 程正民《巴赫金的诗学》，程正民主编，中国社会科学出版社，2019。
34 王志耕《俄罗斯社会学诗学》，程正民主编，中国社会科学出版社，2019。
35 张冰《俄罗斯形式主义诗学》，程正民主编，中国社会科学出版社，2019。
36 贾放《普罗普的故事诗学》，程正民主编，中国社会科学出版社，2019。
37 马晓辉《俄罗斯历史诗学》，程正民主编，中国社会科学出版社，2019。
38 张冰《洛特曼的结构诗学》，程正民主编，中国社会科学出版社，2019。
39 钟敬文《钟敬文全集》第1册，董晓萍编《总目》，高等教育出版社，2018。
40 钟敬文《钟敬文全集》第2册，连树声编《中国民俗学派》，高等教育出版社，2018。
41 钟敬文《钟敬文全集》第3册，钟敬文主编、许钰、董晓萍副主编《民俗学概论》，高等教育出版社，2018。
42 钟敬文《钟敬文全集》第4册，董晓萍编《歌谣学/故事学》，高等教育出版社，2018。
43 钟敬文《钟敬文全集》第5册，董晓萍编《神话传说学/谚语与谜语/民族民间文学》，高等教育出版社，2018。
44 钟敬文《钟敬文全集》第

6册，董晓萍、刘铁梁编《民间文艺新论集/民间诗歌与文人诗/歌谣史与诗歌史》，高等教育出版社，2018。

45 钟敬文《钟敬文全集》第7册，董晓萍编《民间文学（香港版）/人民口头创作》，高等教育出版社，2018。

46 钟敬文《钟敬文全集》第8册，钟敬文主编《民间文学概论》，高等教育出版社，2018。

47 钟敬文《钟敬文全集》第9册，陈子艾编《民俗文化学与文化史》，高等教育出版社，2018。

48 钟敬文《钟敬文全集》第10册，董晓萍整理《民俗文化学个案研究：女娲考/〈水浒传〉专书研究》，高等教育出版社，2018。

49 钟敬文《钟敬文全集》第11册，王宁整理《民间文化传承学卷（第一册）/国学与外来学说》，高等教育出版社，2018。

50 钟敬文《钟敬文全集》第12册，王宁整理《民间文化传承学卷（第二册）/民间宗教与民间口头传承研究》，高等教育出版社，2018。

51 钟敬文《钟敬文全集》第13册，萧放编《历史民俗学》，高等教育出版社，2018。

52 钟敬文《钟敬文全集》第14册，杨利慧编《民间艺术学》，高等教育出版社，2018。

53 钟敬文《钟敬文全集》第15册，万建中编《民俗教育学》，高等教育出版社，2018。

54 钟敬文《钟敬文全集》第16册，程正民编《文艺学》，高等教育出版社，2018。
55 钟敬文《钟敬文全集》第17册，张恩和编《鲁迅研究文存（第一册）/关于鲁迅的论考与回想》，高等教育出版社，2018。
56 钟敬文《钟敬文全集》第18册，张恩和编《鲁迅研究文存（第二册）/鲁迅研究札记与译著》，高等教育出版社，2018。
57 钟敬文《钟敬文全集》第19册，何乃英编《国际交流卷》，高等教育出版社，2018。
58 钟敬文《钟敬文全集》第20册，童庆炳编《散文卷（第一册）/五四以来散文创作与抗战报告文学》，高等教育出版社，2018。
59 钟敬文《钟敬文全集》第21册，童庆炳编《散文卷（第二册）/现代散文与创作论》，高等教育出版社，2018。
60 钟敬文《钟敬文全集》第22册，董晓萍、康丽编《诗歌概论/诗歌通论/诗词格律要略》，高等教育出版社，2018。
61 钟敬文《钟敬文全集》第23册，胡友鸣编《考证〈白香词谱〉》，高等教育出版社，2018。
62 钟敬文《钟敬文全集》第24册，赵仁珪编《诗词总集》，高等教育出版社，2018。
63 钟敬文《钟敬文全集》第25册，赵仁珪、钟宜编《诗词补集》，高等教育出版社，2018。
64 钟敬文《钟敬文全集》第

26册，宫苏艺编《报刊文章》，高等教育出版社，2018。
65 钟敬文《钟敬文全集》第27册，秦永龙、董晓萍编《学术书信卷》，高等教育出版社，2018。
66 钟敬文《钟敬文全集》第28册，史玲玲、朱霞、赖彦斌、赵娜编《钟敬文与北师大民俗学史（1949–2013年）》，高等教育出版社，2018。
67 钟敬文《钟敬文全集》第29册，董晓萍、赖彦斌、赵娜编《钟敬文录像图文卷》，高等教育出版社，2018。
68 钟敬文《钟敬文全集》第30册，钟少华、钟宜、曹文瀚编《图片手迹》，高等教育出版社，2018。
69 董晓萍《文献与口头》，上海大学出版社，2019。
70 [法]金丝燕《文化转场：法国早期汉学视野研究》，中国大百科全书出版社，2019。
71 董晓萍《跨文化技术民俗学》，中国大百科全书出版社，2019。
72 董晓萍《跨文化民间叙事学》，中国大百科全书出版社，2019。
73 王一川《中国艺术心灵》，中国大百科全书出版社，2019。
74 李国英《〈说文解字〉研究四题》，中国大百科全书出版社，2019。
75 韩琦《康熙皇帝·耶稣会士·科学传播》，中国大百科全书出版社，2019。
76 [法]罗栖霞（Julie Lechemin）《法国国家图书馆：汉学图书的跨文化典藏》，中国大百科全书出版社，2019。
77 刘宁《跨文化俄苏文学访谈录》，李正荣整理，中国大百科全书出版社，2019。
78 [爱沙尼亚]于鲁·瓦尔克（Ülo Valk）《信仰故事学》，董晓萍译，中国大百科全书出版社，2019。
79 董晓萍《国家·历史·民俗》，中国大百科全书出版社，2019。
80 [法]汪德迈（Léon Vandermeersch）《中国教给我们什么》，[法]金丝燕译，中文繁体版，香港中文大学出版社，2019。
81 陈越光《谦卑》，中国大百科全书出版社，2019。
82 [法]冉刻（Léon Vandermeersch）《谦卑》，金丝燕译，中国大百科全书出版社，2019。
83 [法]金丝燕《读》，中国大百科全书出版社，2019。
84 [法]约翰－弗朗索瓦·塞纳（Jean-François Sené）《读》，赵宗红译，中国大百科全书出版社，2019。
85 [法] Danielle Marcoin trans. Folk Sayings on Cigarette Boxes《烟盒上的谚语》，法文版，Paris : Editions Nuvis，2019。
86 [法]汪德迈（Léon Vandermeersch）《中国教给我们什么》，[法]金丝燕译，中文简体版，中国大百科全书出版社，2020。
87 [法]汪德迈（Léon Vandermeersch）《中国思想的两种理性》，[法]金丝燕译，中文简体版，中国大百科全书出版社，2020。
88 [法]汪德迈（Léon Vandermeersch）《跨文化中国学》（上），中国大百科全书出版社，2020。

89 [法]汪德迈（Léon Vandermeersch）《跨文化中国学》（下），中国大百科全书出版社，2020。

90 [法]汪德迈（Léon Vandermeersch）《新汉文化圈》，陈彦译，中国大百科全书出版社，2022。

91 陈越光、董晓萍、金丝燕编《跨文化的星辰——汪德迈》，中国大百科全书出版社，2022。

92 [法]汪德迈（Léon Vandermeersch）《中国文学的独特起源》，金丝燕译，中国大百科全书出版社，即出。

93 [法]汪德迈（Léon Vandermeersch）《中国礼制社会》（上），中国大百科全书出版社，即出。

94 [法]汪德迈（Léon Vandermeersch）《中国礼制社会》（中），中国大百科全书出版社，即出。

95 [法]汪德迈（Léon Vandermeersch）《中国礼制社会》（下），中国大百科全书出版社，即出。

96 [法]汪德迈（Léon Vandermeersch）金丝燕《古文言读本》（第一册），中文版，Paris：Éditions You Feng Libraire & Éditeur，2020。

97 [法]金丝燕、路士栋、[法]法宝（Dhammaratana Tampalawela）译，《长阿含·闍尼沙经》，中法双语，Paris：Éditions You Feng Libraire & Éditeur，2020。

98 [法]金丝燕、[法]法宝（Dhammaratana Tampalawela）《佛经汉译之路：

〈长阿含·闍尼沙经〉对勘研究—中古汉土的期待视野》，中文版，Paris : Éditions You Feng Libraire & Éditeur，2020。

99 [俄]契切罗夫《俄罗斯人民口头创作》，连树声译，中文版，Paris : Éditions You Feng Libraire & Éditeur，2020。

100 [法]金丝燕等译（JIN Siyan，Robert Lechemin，Tmpalawela Dhammaratana）《典尊经》Soutra du Grand Exemplaire Vénérable，Traduit et annoté par，中法双语版，Paris : Éditions You Feng Libraire & Éditeur，2020。

101 [法]金丝燕、董晓萍主编 Transfert culture : Textes，arts，langues et cultures，sous la direction de Jin Siyan et Dong Xiaoping（《文化转场：文本、艺术、语言与文化—联合国教科文国际会议论文集》），英文版，Paris : Éditions You Feng Libraire & Éditeur，2020。

102 董晓萍《田野民俗志》（第三版），北京师范大学出版社，2020。

103 乐黛云、陈越光主编《跨文化学研究的理论与方法》，中国人民大学出版社，2021。

104 [法]金丝燕《诗学的悖论》，中国大百科全书出版社，2022。

105 董晓萍《跨文化学的文化批评》，中国大百科全书出版社，2022。

106 王一川《跨文化学的要素》，中国大百科全书出版社，2022。

107 [法]皮埃尔-西尔万·佛辽若(Pierre-Sylvain Filliozat)《法国的印度学》，赵悠译，中国大百科全书出版社，2022。

108 [英]白馥兰(Fransesca Bray)《技术作为一种文化—跨文化研究的一种尝试》，董晓萍译，中国大百科全书出版社，2022。

109 程正民《跨文化诗学——以俄罗斯诗学为例》，中国大百科全书出版社，2022。

110 [比]巴得胜(Bart Dessein)《跨文化学的研究范式》，董晓萍译，中国大百科全书出版社，2022。

111 [法]米歇尔·冉刻(Michel Zink)《游吟诗人》，[法]王以培译，中国大百科全书出版社，2022。

112 [美]傅罗格(Frog)《跨文化的芬兰学派》，董晓萍译，中国大百科全书出版社，2022。

113 [法]米歇尔·西班牙(Michel Espagne)《跨文化的文化转场》，董晓萍译，中国大百科全书出版社，2022。

114 [日]内田庆市《文化交涉学十六讲》，中国大百科全书出版社，2023。

115 [法]冉刻(Michel Zink)《中世纪文学研究》，[法]金丝燕译，中国大百科全书出版社，2022。

116 董晓萍等《非常跨文化对谈录》，中国社会科学出版社，2022。